O INTÉRPRETE DE BORBOLETAS

O INTÉRPRETE DE BORBOLETAS

Romance

SÉRGIO ABRANCHES

1ª edição

EDITORA RECORD
RIO DE JANEIRO • SÃO PAULO
2022

EDITOR-EXECUTIVO
Rodrigo Lacerda

GERENTE EDITORIAL
Duda Costa

ASSISTENTES EDITORIAIS
Thaís Lima
Caíque Gomes
Nathalia Necchy (estagiária)

PREPARAÇÃO DE ORIGINAL
Diogo Henriques de Freitas

REVISÃO
Renato Carvalho
Carlos Maurício

DIAGRAMAÇÃO
Ricardo Pinto

CIP-BRASIL. CATALOGAÇÃO NA PUBLICAÇÃO
SINDICATO NACIONAL DOS EDITORES DE LIVROS, RJ

A141i   Abranches, Sérgio
         O intérprete de borboletas / Sérgio Abranches. – 1. ed. – Rio de
    Janeiro : Record, 2022.

         ISBN 978-65-5587-447-1

         1. Romance brasileiro. I. Título.

21-74891   CDD: 869.3
                          CDU: 82-31(81)

Meri Gleice Rodrigues de Souza - Bibliotecária - CRB-7/6439

Copyright © Sérgio Abranches, 2022

Todos os direitos reservados. Proibida a reprodução, armazenamento ou transmissão de partes deste livro, através de quaisquer meios, sem prévia autorização por escrito.

Texto revisado segundo o novo Acordo Ortográfico da Língua Portuguesa.

Direitos exclusivos desta edição adquiridos pela
EDITORA RECORD LTDA.
Rua Argentina, 171 – Rio de Janeiro, RJ – 20921-380 – Tel.: (21) 2585-2000.

Impresso no Brasil

ISBN 978-65-5587-447-1

Seja um leitor preferencial Record.
Cadastre-se no site www.record.com.br e receba informações sobre nossos lançamentos e nossas promoções.

Atendimento e venda direta ao leitor:
sac@record.com.br

Realmente, vivemos tempos sombrios!
A inocência é loucura. Uma fronte sem rugas
denota insensibilidade. Aquele que ri
ainda não recebeu a terrível notícia
que está para chegar.
Que tempos são estes, em que
é quase um delito
falar de coisas inocentes.

Bertolt Brecht, "Aos que vierem depois de nós", tradução de Manuel Bandeira

Agradeço a José Eduardo Agualusa, que, generoso, se dispôs a participar, de Moçambique e em momento inconveniente, da "tempestade de ideias" para o título. Adotei o que ele sugeriu ao final. Miriam Leitão, Heloisa Starling, Ricardo Prado, Rodrigo Abranches e Átila Roque leram versões do original e me ajudaram a evitar erros e apurar a prosa. Afonso Borges leu, releu e promoveu o livro antes mesmo que fosse publicado. Agradeço a Diogo Henrique e Caíque Gomes os cuidados respeitosos com o texto final. Rodrigo Lacerda, editor criterioso, leu cuidadosamente a versão semifinal e ofereceu sugestões que a fizeram mais direta e legível. Agradeço-lhe, também, os belos haikus de Kobayashi Issa, entre os quais encontrei o que serve de epígrafe para o último registro da narrativa.

Qualquer aparência de realidade nos fatos narrados não é mera coincidência. Aqueles que não falam do acontecido deixam de ver o que pode acontecer.

São Paulo, Morumbi

É um túnel escuro, que acaba no abismo da pura escuridão. Sente as pernas bambas. Vertigem. Cai, despenca. Olhos brilhantes, muitos, espreitam sua queda. Sabe que morrerá ao bater no fundo. É cada vez mais difícil respirar. O corpo treme, os dentes batem descontrolados. Depois do medo, uma tristeza densa, saudade infinita do que seria. Uma falta enorme dos que ama. Será assim a morte? Perda e perda? Perda de si e dos outros? Nunca saberá. O baque que interrompe a queda não dói. Afinal, a morte é indolor?

Maria acordou com o baque. O pesadelo a deixou ainda mais deprimida. A tristura do sonho não passou. Suava. Buscou o sono para esquecer, mas ele a pôs diante da morte. Não ousava voltar a dormir, se fechasse os olhos retornaria à queda para o nada, à estranha saudade do futuro perdido. Pior que a lembrança do que se foi é a nostalgia do que não se viveu, aflição de pura impotência correndo pela espinha, até os pés, como uma fila de formigas corredeiras.

Não posso ficar tão desesperada. É por isso que gente da minha idade se suicida. Eu não quero morrer. Também não quero

viver desse jeito. Não vou me envenenar de ódio. Tenho que rea-
gir. Mas me dói ver a raiva das minhas melhores amigas! É injus-
to. Eu não fiz nada, não mudei, não ataquei. A gente se conhece
desde que entrou na escola, tem mais de oito anos. Elas sempre
souberam o que penso, de tudo. Conhecem minha história, a dos
meus avós. E um dia, sem aviso, a melhor amiga de todas vira
inimiga? Pensei que existisse um pacto entre nós. Que fôssemos
fiéis. Que doença é essa, meu Deus, que pega mais do que piolho?

São Paulo, Vila Madalena

Maria sempre gostou do colégio. Saía todas as manhãs animada. Não mais. Passou a vê-lo como parte do pesadelo diário. Após a noite insone, desviou o caminho e evitou a escola. Andou sem rumo pela vizinhança até se decidir pela casa do pai. Chegou prostrada e melancólica. Não queria encontrar a mãe. Tinha certeza de que discutiriam e brigariam, inclusive por ter faltado às aulas. Enfiou-se no quarto, sempre pronto a recebê-la, e ficou no escuro, com medo de dormir e reviver o pesadelo. Dor de cabeça. Agonia. De novo um arrepio percorreu sua espinha. Eram emoções demais, misturadas demais. Não bastava a derrota, que parecia a mais dura e desoladora de sua vida. Sentia o desencanto do pai com tudo, e ainda tinha que enfrentar a crueldade de colegas, amigas transformadas em perseguidoras quando tudo virou uma torcida extremada e raivosa. Via com desapontamento crescente a indiferença da mãe com suas angústias e como ela se identificava com quem agredia a própria filha. Não conseguia entender. Perdia-se. A vida mudou de repente. Tinha quase 15 anos e muita decepção. Andava deprimida, assaltada por pesadelos, e era como se a tivessem jogado no inferno. Dormindo ou acordada, estava sempre diante dele, para fazê-la expiar pecados que não cometeu.

Afonso sabia das aflições da filha e andava atento para as variações no seu humor. Quando ela saiu do quarto, foi logo dizendo que faltou ao colégio. Queria entender o sofrimento dela, se é que um pai quarentão é capaz de compreender uma adolescente de 15, ainda mais nos dias que correm. A distância se tornou enorme, quase intransponível. Ele era dos analógicos que se esforçavam para entender e entrar no mundo digital. Maria nasceu digital. Ela estava amuada, calada. Seus olhos espantados pareciam não querer ver, fugiam do foco. Disse que não queria mais ir à escola. Só depois que tudo passasse, se passasse. Ele argumentou que ela não ia à escola pelos colegas, mas para aprender. Ela explicou que até os professores estavam divididos. Um grupo já não falava direito com o outro. Alunos de um lado eram tratados com desprezo e antipatia pelos professores do outro. O professor de história não sabia mais o que ensinar. Alguns pais foram reclamar com a diretora que ele estava falando de liberalismo, fascismo, nazismo e comunismo. Era doutrinação política de esquerda, disseram. A diretora, atemorizada, pediu que ele não falasse mais de ideologias. O professor precisava do emprego. Aceitou a censura. Mas não sabia o que fazer com o século XX. Maria não entendia porque não tinha a opção de evitar algo que se tornou insuportável. O colégio já não servia para mais nada. Não ensinava, não educava, não divertia. Eles a queriam enquadrar o tempo todo, por todos os lados. Afonso a havia ensinado que era proibido proibir.

Se minha filha sofre, eu sofro. Era previsível que ela tivesse problemas naquela escola cheia de regras e não podes. Maria não é assim. É franca e aberta. Antes não tinha esse constrangimento sofrido e fugidio no olhar. Mas Isaura não a poria em outra escola. Não deu para prever que a chegada repentina dos ódios tornaria o ambiente escolar tão inóspito. Ela deve sentir demais a repulsa dos colegas na escola. Essa gente é capaz de muita crueldade. É condicionada a fechar a mente. Enrijecer as convicções. Pessoas assim podem se tornar facilmente um grupo de tortura psicológica. Bullying não passa disso. Maria era o contrário. Tinha a mente aberta. Era capaz de autocrítica. Eu sei que circunstâncias dolorosas nos tornam mais capazes de viver e encarar as contradições e as angústias que nos fazem humanos. Espero que Maria já tenha a personalidade forte o suficiente para resistir e aprender. Ela tem feito as escolhas certas nos limites da liberdade que vai desbravando. O problema é que, quanto mais avança, maior o conflito com a mãe, e mais deslocada ela fica com os colegas ensinados a reproduzir os pais.

Imaginou dizer isso a Isaura, mas desistiu. Seria pretexto para uma briga interminável, carregada de insultos. Afonso reagiu compreensivo ao desabafo da filha. Disse carinhosamente que a entendia. Não ir mais à escola, porém, era muito radical e não resolveria nada, ponderou. Quem sabe mudar para uma escola mais aberta, mais parecida com ela. Sugeriu que conversasse com a mãe sobre esta possibilidade. Ele conseguiria mudá-la para o Eleutheria, mesmo no meio do período. Não era justamente "liberdade de movimento" que ela queria? Maria quase riu. Para sua mãe, era uma escola de anarquistas. Reconheceu que a mãe sempre detestava as escolas que o pai sugeria. Tudo que é diferente do que ela pensa passou a ser anarquista ou comunista. Afonso disse que não custava tentar. Maria balançou a cabeça para os lados, com ceticismo e ironia. A mãe jamais cederia.

Não perdi a vontade de estudar. Gosto de estudar e de aprender. O colégio é que ficou insuportável. Virou outra coisa, não é mais um lugar para estudar e encontrar colegas. Não quero mais sair com os amigos de lá, ex-amigos, maus amigos. Até os que não me atacam não me interessam mais. Perdi a confiança. Podem, de um dia para o outro, passar a dizer coisas horríveis sobre mim e mostrar de todas as maneiras possíveis o quanto me odeiam. Se é que não falam mal de mim pelas costas. Como minhas melhores amigas fizeram. É surreal, porque o lado deles ganhou, o meu perdeu. Mas, é estranho, eles parecem não curtir a vitória. Querem só ofender quem pensa diferente. Não acho certo mudar de opinião só para ficar bem no grupo. Foi o que minha mãe me aconselhou a fazer. Ela prefere o lado que me ataca. Faz parte dele. Sempre escolheu ficar bem com as amigas. Desde que entrou para a igreja, não pensa direito, tudo virou pecado, sei lá; separa todas as coisas entre o que é de Deus e o que não é. Faz coisas erradas e não parece achar que é pecado, tipo humilhar as pessoas mais pobres, ter nojo delas. Pelo menos ainda tenho a liberdade de ir e vir de uma casa para outra. Só assim consigo escapar da rigidez da minha mãe. Meu pai entende minha agonia.

São Paulo, Morumbi

Alguns dias depois, de volta à casa da mãe, Maria acordou ainda em descompasso com a vida. Um amanhecer supostamente como todos os outros, menos para ela. Aquela manhã parecia condensar todas as inconformidades. Sentia-se dominada por inquietações e ideias pesadas. Na véspera, no colégio, ela e duas ex--melhores-amigas quase se estapearam. Foram tantas as ofensas e os empurrões que terminaram chamadas pela diretora, que tomou claramente o lado das amigas. Indignada com a injustiça, Maria reagiu e acabou suspensa pelo resto da semana. Falaram absurdos dela e de Afonso. Pouparam sua mãe. Ela era fiel ao pensamento do grupo. Maria apenas defendeu o pai e a si mesma, e só ela foi punida. Não se lembra de quando a mãe se converteu, há dois ou três anos. Era uma dessas supernovas. Encontrou-se, ela diz. Foi acolhida com um grau de envolvimento e aceitação que nunca havia experimentado antes. Tornou-se uma ativista das causas da igreja. Participava assiduamente das discussões nos grupos de WhatsApp. Entregou-se tão profundamente àquele sentimento de fé e encontro que passou a desenvolver teses para levar às discussões. Via as rebeldias de Maria com desconforto crescente e muita irritação. Odiava o que chamava de influência comunista do pai sobre a filha. Forçava-a a ir à igreja para que mudasse, para encontrar Jesus. Maria não se adaptava àquele ambiente, àquela uniformidade de pensamentos, palavras e ações. Achava tudo muito entediante e exagerado. Não conseguia ver sinceridade no pastor. Ele falava mais das coisas do mundo do que de fé e remissão. Quando estudou a Reforma, percebeu que eles não faziam parte do protestantismo. Isaura e Afonso mal se falavam. Ao tentarem dialogar para resolver problemas comuns relativos à filha, desentendiam-se radicalmente. Discordavam em tudo. O casamento acabara muito antes, vítima de suas diferenças intratáveis. Um erro sem conserto, no qual o afeto mal durou um ano. Prolongou-se por dois penosos anos por causa da doença e morte do general e do nascimento de Maria. Separaram-se quando a filha completou 3 anos. Isaura reagiu como Maria esperava, quando lhe disse que não suportava mais a escola, a raiva dos colegas, e iria mudar de colégio. Da pior maneira possível, tomando o lado dos outros. Perguntou se eles não estariam certos e ela errada. Maria reclamou que a mãe não entendia o seu sofrimento. Eles haviam passado a odiá-la e a ofendê-la; quando não a estavam agredindo, a ignoravam. A insistência da mãe só aumentava seu desespero diante de tanta incompreensão. A tolerância para com seus agressores provocou uma discussão mais séria. Isaura ficou exasperada com a suspensão da filha. A tormenta que Maria vinha pressentindo chegou, enfim, numa explosão de insensatez.

— Ninguém odeia você. Você se dá com todo mundo. Anda é de cabeça virada.

— A Ana Cristina Dias me odeia. O Guilherme Aveno me odeia. A Carol Bent me ignora.

— Claro que não, a Aninha e a Carol sempre foram suas melhores amigas. O Guilherme adora você. Por que não tenta entender o lado deles?

— Eu sei o que eles pensam. Só não concordo. Eles estão certos em me odiar, ofender e desprezar por isso?

Entendo o lado deles e discordo. Não entendo é o comportamento nojento deles.

Maria irritava-se com a mãe. Isaura exaltava-se com o que ouvia:

— Eles estão certos nas ideias. Podem exagerar nas reações...

— Certos? Você não ouve nada do que eu digo. Você é igual a eles! Faz parte deles! Eu acho que eles estão errados. Você está errada!

— Maria! Não seja intolerante e agressiva! Dê uma chance, ouça as razões deles. Seu pai sempre pensou errado, é comunista, filho de comunistas.

— Deixa o meu pai fora disso! Eu já ouvi as razões da sua igreja milhões de vezes e nunca concordei, nem vou concordar. Vocês não têm razão! Ponto! Não concordo. Não vou mudar, não vou trocar de lado. É a minha vida!

— Sua vida? Você é menor de idade. Vive como eu quiser que viva. Você passou a exagerar tudo. Precisa é se abrir para algumas das coisas que seus amigos dizem. São sensatas, são boas. Não fique presa ao que seu pai fala. Depois, isso tudo passa e ficam as amizades. Ainda tenho esperança de que você encontre Jesus. Tenho feito a minha parte.

— Está vendo? Você é autoritária e se repete porque não ouve ninguém. Para sua informação, penso com a minha cabeça, não com a do meu pai.

— Eu sei o quanto você aprova as ideias do seu pai, Maria.

— Só porque eu acho que ele pensa melhor do que você, isso não significa que eu não pense com a minha própria cabeça, que não tenha minhas próprias ideias.

— Bom, não adianta! Para encurtar: uma hora vocês se entendem e voltam a se gostar, pronto! Vai ficar no colégio e não vai faltar às aulas. E agora essa, suspensão por não saber se comportar! Pois vai ficar de castigo por tempo indeterminado!

— Eu sabia que você ia ficar do lado deles e dessa escola ridícula, que censura até aula de história! E não aceito castigo sem razão! Eu não fiz nada, só defendi minhas opiniões. Eu não quero mais estar com eles, nem eles comigo. É como você e o meu pai. Se odeiam e jamais se entenderão. Eu não quero mais conviver com aquelas pessoas do colégio. Quero me separar delas, para sempre. Como vocês fizeram.

— Maria...

— Sério, mãe. Vocês não se falam. Vocês se agridem. Vocês se odeiam.

— Claro que não nos odiamos. Odeio as ideias do seu pai e ele odeia as minhas, só isso. Mas não nos odiamos e temos você em comum. E isso não tem nada a ver com a escola. Amanhã você volta.

— Ah, mãe, sério? Vocês nunca se entenderam a meu respeito. Já decidi. Não volto.

— Vai perder o ano.

— Grande coisa! Sou capaz de aprender mais sozinha do que naquela merda de colégio.

— Vê lá como fala! Minha tolerância tem limite!

— Que tolerância, mãe? Que limite? Você é a pura intolerância! É uma fanática!

— Maria!

— Que foi?

— Você está precisando é de orientação espiritual, vai falar com o pastor ainda hoje!

— Qual é, mãe, você chama de orientação espiritual aquela lavagem cerebral? Aquela mistura de religião com política? Jesus era contra, sabia? O que vocês fazem lá é fanatismo puro!

Isaura lhe deu um tapa definitivo no rosto. Ela pegou a mochila, sem chorar, e correu para a porta.

— Não aguento mais esta casa e aquele colégio!

— E vai para uma daquelas escolas de anarquistas, não é? Virar uma inútil, uma feminista. Isso se não virar lésbica! Eu não vou deixar! Você é minha dependente.

— Não estou mais falando com você! Nossa vida é um inferno!

— Volta aqui, você está de castigo!

— Me larga! Não aceito castigo seu! Você não manda em mim!

Bateu a porta do apartamento com força. Desceu de escada, para não ter que esperar o elevador. A mãe ficou gritando para que voltasse. Maria mandou uma mensagem para o WhatsApp do pai, dizendo que iria morar com ele, que não era mais capaz de viver com a mãe: "Você me entende, ela nunca me entendeu." O tapa no rosto partiu ao meio o sentimento de Maria pela mãe. Uma divisão que vinha crescendo em seu íntimo, como uma suspeita que se confirma pouco a pouco. Isaura logo se arrependeria da agressão, mas não a tempo de evitar a fissura que se abriu entre as duas. Ela mesma demoraria a se dar conta da extensão do dano que havia provocado, mas o alcance e a gravidade de nossos gestos se definem pelo momento do outro. É a reação da pessoa a quem dirigimos nossos atos que dá o significado do que fazemos, jamais nossas intenções. Maria estava ferida, só, e precisava de carinho, aconchego, cumplicidade da mãe, que em vez disso lhe deu comandos discricionários e uma nova forma de agressão. Foi demais.

Os desencontros raramente são fortuitos. Eles nascem de circunstâncias concretas que isolam e extremam. Solitárias, as pessoas se reúnem em grupos fechados, em casulos de intolerância, e os rumos do afeto se perdem na aridez e na desconfiança do outro. Os sentimentos ficam intoxicados, as mágoas se multiplicam, o afeto se desfaz no descaimento das memórias, no esquecimento das alegrias, no entorpecimento da estima, no fim da empatia, no incêndio voluntário e repetido das pontes, em portas batidas e trancadas. O outro é inimigo, e se o outro é meu extremo, eu sou o extremo do outro. Um define o outro pela negação. Tudo impede o retorno. O recomeço. Tudo parece fim.

São Paulo, Vila Madalena

Exagerei com a Maria. Mas, algumas vezes, vejo o pai por trás do que ela diz. Nós desenvolvemos uma verdadeira incompatibilidade de gênios, por culpa exclusiva dele. Afonso conseguiu envenenar a alma da minha filha. Uma tristeza. Faltou o contraponto que meu pai teria feito, impondo disciplina e falando dos valores permanentes que a família tem a obrigação de passar às novas gerações. Papai não chegou a ter uma relação com Maria. Morreu antes do seu aniversário de 2 anos. Logo depois, eu e Afonso nos separamos. Sei que errei. Não fui capaz de ensinar minha filha a me respeitar. Nem fui capaz de me conter. A bofetada foi instintiva, impensada, devia ter me desculpado, mas estava com tanta raiva, de Afonso, dela, da vida, que não me controlei. Agora, não tem mais jeito. Só o tempo pode fazê-la esquecer. Depois, é meu direito disciplinar a minha filha com o corretivo proporcional à gravidade da falta. Para que aprenda a lição. Agora, é melhor deixar que fique com o pai uns tempos. Dar corda para ele se enforcar. Vai transferi-la para um daqueles colégios horrorosos e entortar de vez a cabeça da menina. Quem sabe, com os excessos, ela caia em si, veja que eu tinha razão, sinta necessidade de se aproximar da igreja, buscar uma orientação espiritual. Se não, eu peço ao Paulo que os separe definitivamente por ordem judicial, para fazer cessar a má influência. Os comunistas são sorrateiros, infiltram as ideias pouco a pouco na cabeça dos jovens. Quero que ela encontre o caminho da salvação. A esperança, que morre por último, nasce da fé, da verdade. O país está mudando, as coisas vão, finalmente, entrar nos eixos.

Afonso já esperava o telefonema de Isaura. Maria havia lhe contado toda a briga com a mãe. Ele vivia preocupado com a relação entre as duas, cada vez mais tensa. Conhecia a ex-mulher bem o suficiente para saber que ela terminaria por se distanciar da filha. O transe doutrinário em que havia entrado a impedia de aceitar as angústias de uma menina vocacionada para a independência. Maria sentia-se agredida pelos colegas de quem gostava e assustava-se com o limiar da adolescência. A mãe não era mais capaz de entender as necessidades e as dificuldades da filha.

Tapa é inaceitável, em qualquer circunstância. Isaura sabia disso. Ela anda transtornada. Quer se impor, moldar o comportamento de Maria para ajustá-lo a seus próprios valores. Mas a Maria é rebelde, esse modo de relacionamento jamais funcionará com ela. Isaura ficou prisioneira de uma raiva geral que pode facilmente se confundir com a aversão particular que sente por mim. Eu, para ela, sou parte de um grupo, um ambiente, uma ideologia que ela odeia e despreza. Eu temia que incluísse Maria na lista interminável dos seus ódios. Aconteceu.

— Afonso, Maria saiu daqui brigada comigo. Teve um problema na escola. Nos desentendemos. Exagerei. Mas ela foi suspensa por indisciplina.

— Onde você estava com a cabeça, Isaura? Dar um tapa na cara dela! Isso é muito grave, tem consequências.

— Eu sei, estou arrependida. Mas ela anda difícil demais e precisava de um corretivo. Acho melhor ficar um tempo com você.

— Ela é uma menina entrando na adolescência. É uma transição com mil sentimentos e processos fisiológicos desconhecidos e incômodos. Isso dá medo. Toda mudança radical se manifesta primeiro como perda e perplexidade. Só com o tempo ela verá os ganhos do amadurecimento.

— Vocês se entendem melhor. Têm as mesmas ideias que me tiram do sério. Então você que resolva a vida dela. Eu não tenho mais argumentos, nem paciência. Tem hora que acho que ela me odeia. Tem hora que odeio o jeito dela.

— Toda transição assusta — ele argumentou.

"Ela está sofrendo", pensou Afonso, lutando para se reconhecer, "e se rebela quando é tratada como criança. É um momento de contradições. Em breve, sentirá falta da mãe e as duas voltarão a conviver", concluiu. Aconselhou Isaura a tentar ser mais tolerante e carinhosa com a filha, quando a relação entre as duas se estabilizasse.

— Tomara — ela respondeu, mas admitindo que andava desprovida de ilusões e esperanças com relação à filha, e que a achava parecida demais com ele para ter conserto.

Ele insistiu que ela precisava ter paciência, porque a filha passava por um momento importante e doloroso de entrada na adolescência.

— Que adolescência coisa nenhuma, Afonso — respondeu Isaura, já irritada outra vez. — Se eu, na idade dela, fizesse com minha mãe o que ela faz comigo, meu pai me daria uma surra de cinto e resolveria a minha crise.

— Pois é, seu pai acreditava na disciplina acima de todas as coisas. O general achava que tudo se resolvia na chibata. Foi o que ele lhe ensinou. Mas não é assim, nunca foi assim para a maioria. Nossa filha jamais perdoaria algo parecido. Você sabe como ela é. E os tempos mudaram. É preciso ter certa latitude de pensamento.

Isaura deu um suspiro de impaciência:

— Você está sendo modesto. Que latitude? Você quer é liberdade total, anarquia completa. Sempre foi um desorganizador. Qual é mesmo o nome moderninho para esse seu jeito? Disruptivo, isso! É isso que você é. Não tem valores, vive cercado de comunistas, devassas, gays e lésbicas. É um irresponsável. Não bastou você doutrinar seus alunos, era preciso influenciar a minha filha. Claro que eu sei como ela é, e sei como você é também. Coitada, Deus tenha misericórdia. Mas eu desisto; se papai fosse vivo, eu pediria que ele enquadrasse Maria. Mas sou órfã e divorciada. Não aguento mais.

Afonso perguntou o que ela queria que ele fizesse. Respondeu que a filha podia pegar as coisas dela no dia seguinte à tarde, estaria no trabalho, assim não brigariam outra vez. Mandaria a Neide deixar tudo preparado. Ele que tentasse educar a filha à moda dele, trocá-la de colégio, fazer o que quisesse. Apenas avisou que o responsabilizaria por todos os descaminhos de Maria. Esperava encontrar um juiz que a entendesse e o mandasse se afastar da menina. Afonso achou melhor não prolongar a discussão. A conversa já ia longe pelo caminho mais errado. Respondeu com o máximo de calma, sem uma entonação que parecesse condescendência. Ele sabia que Isaura reagiria violentamente.

— Eu falo com ela, Isaura, pode deixar. Fique calma, tudo vai se resolver. Será melhor transferi-la para uma escola menos formal, que lhe dê espaço e a ensine a pensar. Ela ficará mais confortável.

Não deu certo...

— Você e essa sua condescendência me enlouquecem, Afonso! E menos formal porra nenhuma! A escola é de esquerdistas, drogados e... Como vocês agora chamam aquilo? LGBT e sei lá mais o quê. Se é isso que você quer para nossa filha, entregá-la aos endemoninhados, então vá em frente. Depois eu lhe cobro a conta por deseducar nossa filha e transformá-la numa vadia.

Ele não respondeu. Ela desligou o telefone.

Afonso comentou a atitude de Isaura com os amigos. A ligação não o pegou de surpresa. Havia uma dura camada a envolver o tecido tenso de impulso, confusão mental e raiva que há muito a dominava. O que o surpreendeu foi ela dizer que ficasse com Maria por uns tempos, e nem mesmo vetar a mudança de escola. Só criticou. Era mais do que esperava dela. "As incompreensões mútuas são a causa de inúmeras infelicidades e tragédias", lera num tuíte dias antes. Poderia alguém estar mais certo? Seria capaz de narrar sua vida com Isaura a partir daquele tuíte.

São Paulo, Jardins

Eduardo não estava confortável no divã de couro. Olhou para Dalva brevemente. Fechou os olhos, respirou fundo e começou a falar. Não conseguia falar olhando-a nos olhos.

— Nunca pensei que pudesse ser tão odiado por alguém que amava tanto. Não é uma ruptura afetiva que nasceu do desgaste de um relacionamento amoroso. Não. É o fim do amor eletivo entre irmãos. A gente não escolhe os irmãos, mas escolhe com que intensidade amamos os irmãos que nos são dados. Claro, sempre tivemos brigas e desentendimentos. Mas nunca nos odiamos. Havia afeto entre nós. Agora meu irmão me odeia. E eu acho que já o odeio também. Nem sei o que era esse afeto, se era uma escolha mesmo, algo consciente, elaborado, ou uma afinidade construída na convivência diária, nas cumplicidades. Não sei bem quando nos desencontramos tão radicalmente... Mas vi em seus olhos que o ódio era real e muito mais assustador do que as palavras ofensivas que disparava contra mim, como balas traçantes de um fuzil inimigo. Não éramos parecidos, tínhamos ideias e preferências diferentes, mas não éramos inimigos.

Fez uma pausa longa, parecendo tentar se lembrar. Buscou uma impossível posição mais confortável.

— Até que ficamos totalmente diferentes. Ele sempre soube o que eu pensava sobre nossa biografia familiar. Nossos pais. Sabia como eu lidava com a sombra do passado sobre nós. Quando começamos a mudar tanto?

Acho que foi na faculdade... por caminhos opostos. Nunca pensei que meu irmão se tornaria uma pessoa tão intolerante, fanatizada, incapaz de raciocinar. Eu o via raivoso, descontrolado, e não o reconhecia. Há quanto tempo vivíamos em mundos tão apartados? Ainda no Natal estávamos bem... ou quase... ou não... Agora, isso... Ele me odeia e me agride. Sinto que perdi toda a afeição por ele... mas sofro por ser odiado por ele.

Dalva perguntou sobre a infância dos dois. Do que ele se lembrava de imediato de sua relação com o irmão, quando chamado a pensar naquela época. Fez-se um profundo silêncio.

O que eu lembro da minha infância? Que pergunta é essa? Estou falando de uma coisa profunda, atual, aqui e agora, e ela pergunta da minha infância com Paulo? Que corte! Como foi a minha infância? Nossa infância? A minha infância? Como foi? Abro minhas dores para ela. Conto todas as minhas aflições há quanto tempo? Anos! Mas voltar à minha infância, agora? O que tem isso a ver? Nossas diferenças amadureceram da juventude para cá. Mas só na idade madura se deu esse estranhamento total.

Após uma longa pausa, Dalva anunciou que seu tempo havia acabado.

Que porra é essa de pensar na nossa infância?

Despediram-se como se fossem se rever na quinta-feira seguinte. Ele, porém, já havia decidido, ainda que não tivesse consciência da decisão, que isto não aconteceria. Dalva percebeu que o laço estava para se romper.

São Paulo, Vila Madalena

O bar era o de sempre. Happy hour. Iam para encontrar amigos, tomar uns drinques. Gostavam de lá porque a música era mais baixa, dava para conversar. Afonso disse que Eduardo estava tenso demais, que a briga com o irmão o estava desorientando. A relação com Paulo estava mergulhada na confusão do país. Ele tinha de processar os conflitos e separar o que era coletivo do que era afetivo. Eduardo contou sua sessão de terapia.

— Ela está querendo ajudá-lo a ver e entender o lado afetivo — ponderou Afonso.

— Não está ajudando — ele respondeu. — Ela quer achar causas profundas. Mas o problema está em Paulo, ele beira a psicopatia.

Mudaram de assunto. Percebendo que não dava para avançar naquela conversa, Afonso contou da última visita ao Velho. Tornara-se o mais próximo de um sábio a que se pode chegar nesses tempos perturbados. Os pais de ambos haviam militado com ele. Eduardo concordou que realmente o Velho era um ser humano à parte. Afonso perguntou há quanto tempo não o via. Nas vezes que o chamou para irem juntos, sempre tinha algum impedimento.

— Faz mais de dois anos que não o vejo — respondeu.

Afonso sugeriu que Eduardo lhe fizesse uma visita. Certamente seria bem-vindo.

O Velho surgiu nas ruas de 1968. Dizia a lenda que estava em Paris quando a rebelião dos estudantes explodiu. Viu que era o caminho. Cada país tinha suas razões para se rebelar. Por isso as revoltas se alastraram. Voltou ao Brasil disposto a fazer parte da indignação geral. Era a hora de se levantar. Quando a repressão venceu as ruas, ele submergiu. Levou consigo um bom número de alunos — entre eles os pais de Afonso, que já namoravam naquela época. Terminaram todos presos e torturados. Sobreviveram e superaram. Muitos ficaram para trás, mortos ou desaparecidos. Era o cancelamento brutal da época. Os pais de Afonso morreram cedo. Ele tinha 17 anos. Os de Eduardo morreram anos mais tarde. O Velho foi mantido em solitária por sete anos, mas sobreviveu a todos e viu de tudo. Os enfrentamentos, a prisão e a tortura eram os laços que os uniam. Tornou-se o confidente e conselheiro de Afonso e Eduardo. Desde que deixou a prisão, vivia recolhido e isolado.

Eduardo não estava interessado na conversa sobre os tempos da resistência ou sobre o Velho. Preferiu voltar ao assunto que o angustiava. Para ele, o desentendimento com Paulo não era uma questão política. Era pessoal. Suas opiniões provocavam ódio no irmão, que o ofendia como se fosse um criminoso. Era uma reação a seu modo de ver o mundo, mas o ódio era de outra natureza. Uma incompatibilidade genética. O amigo lembrou-o de que o Velho era o último elo vivo com seus pais. Ele o ajudaria a entender melhor a diferença entre o coletivo e o afetivo. A política invadira irremediavelmente as famílias. Afonso contou da briga entre Maria e Isaura. Eram prisioneiros dos fatos.

— Politizamos as emoções — tentou concluir Afonso.

— Então, o problema do Paulo — reagiu o amigo — é não saber separar o pessoal do político.

— É com os sentimentos que animam os conflitos que Dalva pode ajudar.

Eduardo fez um gesto de negação com a cabeça. Afonso insistiu que ele e o irmão precisavam aprender a controlar as emoções. Deixar a política de fora.

— Hoje, em família, o mais importante é escolher o momento de se calar.

— O silêncio é conformista — rebateu Eduardo.

— Mas, nas relações pessoais, é um ato de tolerância amorosa — Afonso replicou. — Um sinal respeitoso de afeto.

Eduardo disse que o amigo não acreditava no que havia acabado de dizer:

— Veja o caso de Isaura e Maria — continuou. — É irremediável.

Mudaram de assunto. Afonso disse que tudo aquilo em que acreditavam e mesmo o que criticavam estava em estado terminal. Seria preciso que aceitassem o desmoronamento do mundo e dos sonhos. Ninguém sabia ao certo o que fazer.

— Quem quiser respostas prontas ficará atolado no presente que já passou. Briga-se tanto por ideologias, mas as ideologias perderam o significado, são cápsulas vazias.

De uma coisa ele sabia: quem deixasse o outro definir suas ideias por oposição perderia a liberdade de pensamento.

Eduardo concordou:

— As pessoas serão mais livres se resistirem às interdições, se não aceitarem o jogo das simplificações extremistas.

Os dois terminaram os drinques e pediram outra rodada:

— O homem é o lobo do homem — disse Afonso.

Eduardo lembrou que o amigo sempre acreditou que o ser humano é bom e que os vícios nascem na vida. Afonso concordou, mas disse que andava a suspeitar que algumas pessoas nasciam mesmo más, e que a vida apenas lhes apresentava a oportunidade para realizar o mal que tinham na alma. Novos drinques chegaram.

— Nós estamos cada vez mais anos 70, Afonso. Você parece aqueles velhos militantes, que achavam que precisavam conscientizar as massas e colocar tudo, pensamento, arte e ação, a serviço da causa. Sabe? Arte engajada. Não há revolução à vista, meu amigo.

— Já estamos nela, meu camarada. Ela está acontecendo por todo lado. Só não a estamos vendo. Não é aquela pela qual o Velho e nossos pais lutaram. É outra, vertiginosa e geral. A revolução global está presente e mal distribuída. O futuro já chegou, só está mal distribuído. Não fui eu quem falou isso. Já virou um meme. É por aí mesmo.

— Que revolução, camarada?

— A revolução de tudo.

Afonso insistiu que seria bom que Eduardo fosse ver o Velho. Não devia abandoná-lo. Era o que restava da construção em que os pais de ambos haviam tomado parte. Estivera lá havia duas semanas e o Velho quase levitava, cada vez mais zen. Era muito bom conversar com ele neste mundo enraivecido. Eduardo admitiu que precisava visitá-lo, mais por saudade que por esperança. Andava descrente de tudo. Sentia falta das conversas calmas, no jardim das borboletas. Perguntou se Afonso achava mesmo que se podia ser zen neste mundo. Ele riu e disse que só o Velho, ninguém mais. Brindaram novamente.

— Ao Velho e suas borboletas.

Eduardo achava que Afonso tinha razão. O mundo estava a desmoronar e as pessoas não sabiam o que fazer, perdidas nas sombras de sociedades zumbis. Entre um mundo que morre e outro que ainda vive as dores do nascimento não é possível ter nada além de dúvidas. Nesses tempos de espanto, a maioria reage com ansiedade e medo. Como encontrar referências nas correntes difusas que levam a um futuro sem pistas? Eduardo achava impossível ter alguma certeza, quando tudo andava fora de sincronia.

O que o Velho poderá me dizer? Já não é deste mundo. É parte dos escombros. Só não desapareceu porque ainda nos lembramos dele com admiração e respeito, mas somos poucos. Ele é hoje uma memória viva da luta de nossos pais, uma espécie de relíquia singular do mundo que passou. Foi o único a não se deixar corromper pelo poder, que nunca o fascinou. Um guerreiro sofrido e amargurado. Viveu a vitória tardia, principalmente moral, já na alta maturidade. O que Paulo pensaria dele? Que o Velho é um comunista perigoso, que envenenou primeiro nossos pais e, depois, a mim e Afonso. Não entendo meu irmão. Nossos pais foram presos com o Velho, sofreram na prisão, foram torturados, deram sua juventude por um projeto compartilhado com entusiasmo e força. Este é o nosso legado familiar e existencial. Como negá-lo tão completamente? Será que Paulo nunca os ouviu falar daqueles tempos? Não leu o diário de nossa mãe ou o relato de nosso pai?

Eu não tenho tido calma para escrever. O Dudu não é o único angustiado. As aulas de literatura viraram meu abrigo. Mas é difícil conseguir distanciamento suficiente da realidade bárbara, do cotidiano repleto de incidentes que indicam a iminência de brutal tempestade. Amanhã a aula será sobre Crime e castigo. *Dostoievski. Tudo a ver.*

Afonso pensava no deslocamento de Raskolnikov, em suas ambivalências e seus múltiplos. O desencanto e a indignação a estimular atos irracionais. A hipótese paradoxal e tão humana de que se pode chegar ao bem fazendo o mal. Pensava nas ambiguidades de Porfiri Pietrovitch. Nos conflitos internos que rasgavam a alma de Raskolnikov, alimentavam seus sonhos e dirigiam seus atos. No anjo sombrio da morte sempre presente. No eclipse da razão e no colapso da vontade corroendo as barreiras morais e alimentando impulsos selvagens. "Os Raskolnikovs de hoje são criaturas menos morais, mais simples e mais crédulas", lançaria como provocação aos alunos. "O desafio contemporâneo será fazer com que não se entreguem à sedução do assassino e prestem mais atenção à perspectiva das vítimas."

Minha editora mandou um SMS perguntando como vai o projeto do meu novo livro. Respondi: não vai. Fazer o quê? Não estou aberto a cobranças. Além disso, ela tem o seu próprio tempo. É lenta quando quer, acelera quando quer. Nossos tem-

pos estão muito fora de sincronia. Meu interesse está no curso, uma das poucas coisas gratificantes que faço. Os conflitos da alma humana, mesmo quando encarnados em uma pessoa, são gerais. Todos leram e já estão debatendo o livro. Entendo o entusiasmo, as contorções da mente humana são sempre sedutoras. Como pode Isaura sentir-se odiada por Maria ou, pior ainda, admitir que odeia o jeito da filha defender suas ideias? Por que tortuosos caminhos seus sentimentos maternais se misturaram a seus preconceitos e crenças? Como se chega à mistura venenosa de superstição e ódio? Isaura viveu atormentada por seus demônios. Confusa com o que se passava ao seu redor, oscilava entre as frivolidades das suas rodas de amizades e a percepção de que havia algo mais em seu mundo que não compreendia bem. Tolhida por uma educação rígida demais, um pai dominante e autoritário, jamais conheceu a verdadeira liberdade. Ou a experimentou por um tempo breve e não gostou. Foi nesse intermezzo que acabamos casados e infelizes. A única virtude de nosso encontro foi nossa filha. Por impulso hereditário, Isaura se voltou contra todos que desejam ser livres, como eu e Maria. Finalmente, refugiou-se na religião de uma doutrina simplificadora e fonte de fervores místicos extremados, sem perceber que vive uma confusão íntima insuperável.

Rio de Janeiro, Leblon

Carolina herdou o apartamento de Ipanema da avó. Reformou-o todo, uma parte de cada vez, para caber no orçamento. Nunca havia imaginado que poderia ter um apartamento na quadra da praia, novinho, todo modernizado. Gostava muito do que fazia e era detalhista. Por isso dedicava quase todo o tempo livre a seus projetos. Não fugia das noites alegres com amigos, mas também não ficava aflita para sair. Na sua turma, a conversa podia chegar a exaltadas trocas de ironias quando eles se dividiam, uns apaixonados por um livro ou um filme que os outros haviam odiado. A discussão se tornava acalorada, todos defendiam seus pontos de vista e os argumentos iam se tornando cada vez mais exagerados e absurdos. Gostava desse engajamento, desse calor, desse embate. De preferência, num lugar agradável e bebericando um negroni.

Numa agradável noite de primavera, estavam em seu bar favorito, já numa esquentada discussão sobre o livro que todos haviam acabado de ler e que vinha recebendo muita atenção na mídia, quando Bernardo chegou acompanhado de dois homens. Um estava totalmente fora do seu ambiente, de terno de corte justo, gravata com o laço impecável. Chamava-se Fernando. O outro era o seu oposto. Jeans, camiseta, jaqueta, tênis. Era Afonso, um escritor conhecido. Os dois eram amigos de Bernardo, vindos de São Paulo. Tinham acabado de se encontrar no Leblon, por acaso. Afonso, que estava no Rio para uma palestra, saía de um bar da Gávea quando encontrou Fernando, também na cidade a trabalho. Então, como se a Zona Sul fosse uma cidade do interior, enquanto os dois andavam pela Ataulfo de Paiva, Bernardo apareceu. Os três se conheciam desde a época de faculdade, na USP.

Depois que os paulistas foram apresentados ao grupo, os outros retomaram a discussão acalorada. Afonso e Fernando se esforçavam para participar da conversa. Afonso contribuía com impressões críticas sobre o livro. Quando falava de suas qualidades, os que defendiam a obra usavam sua opinião como argumento de autoridade. Era a palavra de um escritor respeitado. Quando falava dos problemas que via na obra, era o outro lado que usava seus argumentos como prova do que defendiam. Fernando entrou algumas vezes na discussão, tentando agir como conciliador. Carolina passou, quase imediatamente, a provocá-lo. A discussão se alongava, os argumentos se repetiam, mas não havia possibilidade de entendimento. Ele propôs, em determinado ponto, que organizassem melhor a conversa e tentassem chegar a um acordo. Todos o olharam perplexos, como se falasse javanês. Afonso sorriu, balançando a cabeça para os lados, indicando ao amigo que aquilo não funcionaria naquele grupo.

— É esta a sua opinião? Você é paulista? — perguntou Carolina.

— Se cada um levar em consideração o argumento do outro, dá para chegar a uma posição comum, que pacifique as opiniões.

— Mas quem disse que queremos pacificar alguma coisa?

Ele não conseguiu entender. Estava acostumado à arte de apaziguar os ânimos e buscar uma solução boa para todos. Preferiu sair da conversa e apenas ouvir, talvez aprendesse alguma coisa. O entusiasmo geral finalmente se dissipou e os assuntos se dispersaram. Carolina virou-se para Fernando e provocou, dizendo que continuava sem saber se era ou não de São Paulo. Ele disse que morava em São Paulo, mas era carioca de nascimento, do Flamengo. Ela quis saber o que ele fazia. Fernando disse que era advogado e estava abrindo um escritório de mediação de conflitos no Rio. Ela respondeu que ele só podia mesmo ser advogado. Quis saber se era realmente possível mediar conflitos. Ele afirmou que sim, contanto que houvesse alguma predisposição ao diálogo e que as perdas do contencioso fossem maiores do que as concessões de cada parte para um acordo. Ela não pareceu acreditar muito. Passaram então a conversar sobre livros.

Carolina ficou curiosa. Ele tinha uma profissão convencional, mas era muito culto, com um gosto literário parecido com o seu. Fernando, por sua vez, sentiu-se atraído pela irreverência e pelas provocações de Carolina. Todo mundo com quem lidava era formal, cerimonioso.

Afonso, Bernardo e Eduardo, seus contemporâneos de faculdade, eram as únicas pessoas descontraídas com quem convivia. Agora aparecia Carolina. Encontraram-se dias depois daquele primeiro encontro, ambos correndo em volta da Lagoa Rodrigo de Freitas, na manhã de um sábado azul. Cumprimentaram-se com simpatia, mas seguiram em direções opostas. No domingo, emparelharam, agora correndo na praia, ambos em direção ao Arpoador. Cumprimentaram-se e continuaram a correr lado a lado. Pararam ao mesmo tempo, na volta, no final da Delfim Moreira. Ele a convidou para tomar uma água de coco, a conversa se estendeu, mergulharam juntos nas águas do Leblon. Embora ainda fossem sete da manhã, o sol esquentava rápido. Fernando a convidou para almoçar. Combinaram de se encontrar em um restaurante próximo ao apartamento de Carolina.

Já no almoço, ela quis saber mais sobre o trabalho dele. Fernando explicou que tinha um jeito de detectar pontos de convergência e mostrar a vantagem insuperável de evitar a longa e penosa trilha judicial. Preferia resolver conflitos a advogar. O que mais gostava de fazer, todavia, era ler. Descobriram ter essa paixão em comum. Fernando confessou que, vez por outra, pensava em largar tudo para se dedicar à pesquisa histórica e a escrever. Imaginava escrever biografias de personagens perdidos na história. Uma história dos esquecidos. Carolina achou curiosa a ideia de ganhar a vida solucionando conflitos. Gostou mesmo foi da ideia de escrever o que chamou de biografias quase imaginárias. Seu mundo, contou-lhe, era o cinema; roteiros e produção. Adorava conversar e discutir. Era o que era. Nunca dissimulava. Tinham em comum os livros, o cinema e as corridas pela manhã. Mas Carolina achou que ele fazia parte de um mundo muito diferente do seu. Algumas pessoas se sentem atraídas pelo sucesso financeiro, e essa atração reforça as impressões pessoais. Ela não era assim. Tinha uma certa aversão ao mundo dos ricos e muito ricos. Pelo endereço em que morava, pelas histórias de viagens, ele estava bem além das fronteiras materiais do seu mundo. Encontraram-se ocasionalmente para corridas matinais. Saíram para almoçar. Ele começou a inventar encontros, jantares, situações para ficarem mais tempo um com o outro. Ela percebeu e gostou. Ficaram algumas vezes. Até que os encontros ocasionais evoluíram para uma relação. Dois anos depois daquele encontro fortuito, tomaram a decisão de morar juntos, no pequeno apartamento dela em Ipanema.

São Paulo, interior

O som do carro tocava músicas dos anos 1970, a trilha sonora de seus pais. Pouco antes de chegar, ouvia Fleetwood Mac, "Go Your Own Way". Quando alcançou a estradinha que levava ao sítio, tocava Bob Marley, "I Shot the Sheriff". Eduardo não viveu aquela década de auge das agruras de seus pais, mas sentia que estavam em um momento parecido, com um espírito parecido. Caminhando contra o vento.

O Velho vivia num pequeno sítio rodeado de árvores e borboletas. Era assim, desde que se mudou para lá. Eduardo ficou com a impressão de que eram muitas as borboletas, bem mais do que se lembrava. O portão estava sempre aberto e ele não recusava nenhum visitante. A maioria apenas o cumprimentava com respeitosa familiaridade e pedia uma foto. Ele acedia sempre, embora não entendesse o mundo das selfies. Alguns sentavam-se e pediam conselhos. O Velho era um conversador. Tinha o bom hábito de ouvir os outros. Com ele, sempre havia diálogo. Era uma espécie de mentor para Afonso e Eduardo. E agora Eduardo, a quem o Velho conhecia desde que nasceu, estava ali precisando de seus conselhos para encontrar um jeito de escapar da armadilha de sentimentos envenenados pelo ódio, da convivência incômoda com pessoas com as quais nada mais tinha em comum. Como reatar relações perdidas por escolhas desencontradas? Quando chegou, cumprimentou o Velho como a um pai. Disse que estava sumido. Deu uma desculpa que o outro sequer ouviu. Conversaram sobre poesia, literatura, metamorfoses.

Ficaram um bom tempo em silêncio, observando as borboletas esvoaçarem em elipses elegantes. O Velho parecia esperar que o recém-chegado falasse sobre o que o afligia. Intuía, talvez, a névoa em seu espírito. Eduardo falou da armadilha de ódios reais e simpatias falsas em que vivia.

— É preciso transcender o momento. Pensar para além desse tempo.

— Como fazer isso sem fraturas irremediáveis?

— As duas margens desse rio estão poluídas. É preciso mudar o rumo da travessia. Buscar a terceira margem.

— A terceira margem? Que paradoxo!

— Não é mesmo? Só lá estão duas margens, mas a salvação, o reencontro, está na terceira, que lá não está.

— Não existe terceira margem...

— Ela é necessária para salvar o rio. O rio é a razão de tudo. É ele que se precisa salvar.

— O rio...?

— É, o rio, o bom caminho.

Eduardo olhou bem firme nos olhos do Velho. Eram calmos, profundos e iluminados. As borboletas continuavam esvoaçando à sua volta, animadas. Ele parecia retirar alegria daquele volteio. Absorvia a leveza diáfana das asas. Não era verdadeiramente um mentor, embora pudesse ter sido algum dia. Agora estava mais para oráculo. Falava por enigmas. Parecia ver algo mais no caleidoscópio de asas coloridas, que o ajudava a formar as charadas a serem decifradas por quem o consultava. Era como se interpretasse as borboletas.

O Velho tinha uma luz no olhar, de perturbadora calma. As borboletas circulavam à sua volta, talvez atraídas por seus olhos brilhantes. Elas acalmavam o ambiente com os seus volteios silenciosos, coloridos, enquanto compunham um mosaico vivo. Ele as recebia como se houvesse entendimento entre eles. Era como se estivessem a falar, sem que pudéssemos ouvir ou compreender o que diziam. Estava em paz consigo e com o mundo. Talvez fosse o único ser humano nesse estado de espírito. Havia se tornado uma ilha de temperança e calma. Falava com os deuses. Tudo mais estava desorganizado. Daí proviriam, quem sabe, suas respostas incompreensíveis, conselhos oníricos, como o de buscar uma terceira margem. Não seria a terceira margem de Guimarães Rosa, que dava na solidão do entrementes, como Afonso certa vez escreveu. Que terceira margem seria, então? O que seria um bom caminho? Que conversa! Que rio é esse que se precisa salvar na terceira margem? Vim em busca de uma resposta e saí com uma charada. Seria demência poética? Claro que se trata de uma metáfora. Mas ela permite tantas interpretações. Ninguém seria, acho, capaz de entender o que ele realmente queria dizer. Afonso gosta de abstrações desse tipo. Eu me inquieto. O desatavio me desorienta. Afonso e Fernando acham que o Velho é um sábio. Tem vivência, já viu de tudo, e a lucidez anda escassa entre nós. A luz já não ilumina. Pobre país. Querem fechar as portas do futuro. Seremos engolidos pelo passado? Caducaremos com o revivido? Não existe como voltar. Só há salvação no futuro, mas não queremos olhar para a frente. O país parece estar sempre a ajustar as contas com o passado. Fiquei atarantado pelo mistério que o Velho me propôs. Saí com mais dúvidas, porém estranhamente mais calmo. Conversar com ele serenou meu espírito. Não resolveu minhas interrogações, que apenas se juntaram a todas as outras que venho acumulando. Coleciono indagações e a esperança de que algum dia encontre respostas. Quando Afonso quis saber como havia sido nosso reencontro, disse-lhe que foi relaxante e intrigante, que o Velho agora só fala de um jeito que se abre a entendimentos muito diversos. Afonso respondeu que nisto reside a sabedoria. Talvez, mas é vago demais para mim.

São Paulo, Morumbi

O garoto vestindo jeans e moletom camuflado, com o capuz sobre a cabeça, de costas para o tráfego pesado do túnel, com a lata de tinta na mão, pintava um *graffiti*. Era a imagem de um garoto de jeans e moletom camuflado, com o capuz sobre a cabeça, de costas, com a lata de tinta na mão, pintando um *graffiti*. Ao final, escreveu:

Cidade ódio sem fim
sem amor
em SP

Ele poderia ser de qualquer cidade grande do mundo, mas era de São Paulo. Do centro de São Paulo. Quase sempre invisível nas ruas de São Paulo. Nos raros momentos em que o viam, tinham medo ou ódio dele. Nada mais. Não encontrava amor em lugar algum. Era um rosto na multidão. Sempre o rosto do outro. De ninguém, na cidade que é pura solidão, ilusão doída ou alucinação.

A multidão é um monstro, sem rosto e coração.

Pintava, com os fones nos ouvidos, escutando versos que contavam sua história:

Em São Paulo há luz e sombra, monstro que assombra uma multidão rumo à solidão.

Ele era parte da cidade. De onde mais poderia ser, para onde poderia ir? Era o único pedaço do mundo que conhecia. Conhecia suas entranhas, seus becos, suas vilas, seus cortiços e favelas, os lugares onde encontrava livros para ler. Era da parte rejeitada da cidade. Mas saberia viver em outra?

Ser da cidade é muita coisa.
Ser de alguém é doloroso. Mais do que não ser.

Estou em muitos lugares.
Não sou de lugar nenhum.

Os versos falavam dele e de sua gente. Ele sabia o que queria. Que ruíssem os muros que mantinham a cidade apartada. Não alimentava esperança de que um dia a cidade melhorasse. Grafitava e gravitava por aquela massa descontrolada, sem rumo, desenhando suas palavras de revolta. Não acreditava que um futuro diferente seria possível assim, sem que à maior parte de seu povo fosse dada qualquer chance. Pegou a lata de tinta e, no muro ao lado da agência de um banco, pintou um vulto de moletom preto com a lata na mão escrevendo:

NÃO acredito
mais em
NADA!

Parou quando a polícia apareceu algumas esquinas adiante. Correu antes que chegassem, no embalo das palavras que tinham a ver com sua vida:

Já faz tempo que São Paulo borda
a morte na minha nuca.

Seu mundo era mesmo o dos grafiteiros. Às vezes pintavam juntos. Sua marca era o desenho do jovem encapuzado grafitando. Um dia pintou um garoto de moletom camuflado que pintava um buraco no chão para que os passantes temessem cair nele. Gostou de pintar buracos, fazia todo sentido. Começou a espalhá-los pela cidade, e os buracos passaram a ser seu objeto de preferência. Passou a sempre terminar todo *graffiti* com eles. Viraram parte da sua assinatura e contagiaram outros grafiteiros. Os buracos se espalharam pela cidade.

Um dia, numa rua de bacanas, pintava um garoto de moletom preto, capuz sobre a cabeça, pintando um buraco. A mulher de saia de couro colada no corpo e saltos muito altos saía de casa com um homem musculoso, de jeans e camiseta de grife. Entraram em um carro importado que já os esperava na calçada. Ela se sentou ao volante, e ia engatando a marcha do carro quando viu o garoto de moletom camuflado pichando a rua que considerava sua. Ele pichava um vagabundo como ele pichando um buraco.

— Este país não tem jeito! Só na porrada. Olha só aquele negão! Pichando a rua na maior desfaçatez. Vai ver é ladrão. Daqui a pouco a gente vê um arrastão aqui na rua.

Freou. O homem saiu do carro e correu na direção do garoto, gritando "Vou te cobrir de porrada, seu filho da puta!", mas ele tem manha, é da rua, sabe como é a sanha dos brancos e ricos; ele é preto, e ser preto é perigoso, então vazou daquele pedaço impermeável da cidade. Não há lugar algum na cidade completamente seguro para pretos, mas aquela região era muito mais perigosa. O homem saltou o buraco desenhado por ele, que, rápido, sumiu nas esquinas. O perseguidor voltou para o carro furioso.

— Desgraçado! Quase peguei o moleque! Se eu tivesse com a Glock, ele não escapava.

A mulher acelerou.

O garoto corria, estava sempre correndo, não para escapar de lugar algum, era só para sair das situações de perigo que os outros criavam à sua volta. Era um cativo da cidade, vivia na liberdade prisioneira das sombras, na soledade noturna das ruas, dos prédios pobres, das vilas, dos conjuntos habitacionais, cortiços e favelas. Existia nas beiradas dos mundos. Sabia, e como sabia, que para gente igual a ele nada é relativo. Tudo é absoluto. Corria tanto que quase flutuava. Precisava manter-se em silêncio, invisível. Sempre. Um rapaz preto quando corre tem a morte grudada nele. Corria e parava e andava e voltava a correr. Capuz sobre a cabeça baixa. Mãos pendentes. O gesto neutro para não agravar as suspeitas. A regra era sobreviver. Não gostava de violência. A indignação em suas veias chegava a doer. Olhou para trás e não viu mais o perseguidor. Um a menos; sempre haverá todos os outros. No fone, a voz de Duda, campeã de slams, alertava que "nesse cárcere, oposição é discórdia, transformada em ódio, ódio do preto, do favelado, do gay, da lésbica". Era assim a vida, no limite. Difícil pisar em outro chão, descobrir a trilha com algum sentido, continuar a travessia entre o pesadelo e o sonho, mirar o futuro intangível sem olhar para trás.

São Paulo, interior

Depois da aula, Afonso procurou novamente o Velho. Mantinha o hábito de ir até seu refúgio sempre que podia. Quando estava com ele sentia-se mais ligado aos pais. No caminho, pensou em tudo que vinha acontecendo. Quem sabe ele o ajudaria a entender a distância entre as gerações? Ao chegar, encontrou-o só, encostado em um jatobá. Dormitava ou meditava, não soube dizer, cercado por um enxame de borboletas mais numeroso que na visita anterior. Percebeu sua chegada, cumprimentaram-se efusivos. Contou que Eduardo o havia visitado recentemente. Ficou feliz com o retorno dele ao sítio. Afonso respondeu que sabia da visita e que também estava muito feliz com o reencontro. Conversaram sobre a natureza. O Velho lhe falou das borboletas. Sempre falava delas. Sempre algo diferente. Gostava particularmente da *Morpho laertes*, uma borboleta de asas brancas, com uma delicada borda sépia. "Ela superou as cores", disse, "todas as divisões. Há tanto ensinamento na metamorfose das borboletas. Elas têm uma capacidade de adaptação esplêndida. São seres extraordinários. São a própria expressão da renovação, da transformação integral." Enquanto falava, uma mudança inesperada: as borboletas se tornaram todas brancas, com delicada bordadura em sépia, eram todas, por um instante, *Morphos laertes*. Afonso não soube dizer se fora real ou ilusão ótica. Perguntou-lhe se sabia que a migração delas para o norte da Inglaterra e para a Escócia tem a precisão dos termômetros, um marcador da mudança climática. "Elas vão ampliando seu território à medida que essas regiões vão aquecendo. Ao mesmo tempo", continuou, "o aquecimento do planeta, que lhes permite migrar para mais longe, pode levá-las à extinção. Vivemos uma era de paradoxos, ameaçados por tempos de extremos. Em tudo há contradições, porém elas já não nos levam a sínteses, só a mais contrariedade. A prevalência do pequeno dará rumo à grande mudança."

— O ódio dividiu famílias inteiras em dois times raivosos, está envenenando a vida das pessoas. Aconteceu com a minha família e com a de Eduardo também.

— O ressentimento é um vírus muito resistente e contagioso. Não temos vacina para ele.

— Mas alguma solução há de ter...

— Boas e más.

— Precisamos das boas, as más já experimentamos... séculos de caminhos errados.

— Só com tempo e abrindo outro caminho.

— Outro caminho?

— Sim, é preciso libertar-se do fardo do possível. Deixar de pensar só com o sabido, sondar o não sabido. O resto é passado.

Dudu está certo, o Velho está ficando oracular. O que diz sempre tem mais de um sentido. É um sábio, cada vez mais ensimesmado. Talvez imagine que, falando por enigmas, as pessoas, ao tentarem compreender o que diz, se entendam. Deixei o sítio intrigado. Continuo perdido e atônito, não sei se estamos entrando em uma nova idade das trevas, em outros tempos de chumbo, ou nos preparando para uma nova era iluminada, que complete o sonho inacabado de tantas gerações. Não quero ser contaminado pela doença social que degenera a política e divide a sociedade. Tenho meu lado, tenho convicções, mas aprendi com o Velho e com meus pais que o bom caminho é sempre o da solidariedade. Ele também sempre teve lado, como nossos pais, que aprenderam com ele. Maria busca ter sua própria identidade, suas opiniões e seus gostos, mas sua mãe reage com raiva e repressão. Por quê? Nossa filha está certa. É preciso se buscar livremente, construir a própria identidade, a própria história, encontrar seu caminho e seu lado. Ela não pode ser feliz se não puder definir quem é no mundo. Isto só se aprende fazendo escolhas, e as escolhas sempre têm lado e consequências. Isso já é tão difícil para uma jovem adolescente, numa sociedade de machos dominantes.

São Paulo, Pacaembu

Após várias semanas cheias de emoções, Afonso combinou com Ilana de assistirem à decisão do campeonato. Ao entrarem, o estádio pulsava, lotado. Sentiram a força, a pura tensão e a expectativa. As torcidas esperavam a entrada de seus jogadores. Bandeiras dos dois times eram agitadas por toda parte. Cartazes e faixas destacavam os maiores ídolos, recitavam as glórias passadas, enunciavam os sonhos de agora. Alegria nervosa, misturada a risos largos de esperança. Em cada lado das arquibancadas, legiões de torcedores se moviam, como um animal gigante muito agitado. No momento em que os times pisaram em campo, ouviram-se explosões, urros, pés pulando nos degraus de cimento, cantos e xingamentos. Os dois agrupamentos eram opostos siameses. Eles se rejeitavam e se reconheciam. Frente a frente, punhos cerrados, ambos só desejavam derrotar o outro e viver a vitória permanente. O estádio vibrava, a galera pulava sacudida pela agressividade. Ilana achava tudo bom e certo.

— Ora, Ilana, nada disso tem a ver com o esporte!

— Qual é, Afonso! Esse é o espírito do esporte. A rivalidade histórica! De vez em quando exageram, tá certo. Violência demais nunca é bom. Mas esse confronto, essa gana de partir pra cima do adversário, é o espírito esportivo no seu auge.

— Claro que não. O fanatismo e a violência das torcidas é o oposto do espírito esportivo. Simplesmente se recusa a aceitar que vença o melhor. Quando há esse espírito, querida, o outro é estímulo e não ameaça. Uma razão para superar seus próprios limites, para ser melhor. O outro não é alguém que se deva destruir, é o adversário a derrotar com honra.

— Quanta intelectualização! Você nunca teve vontade de dar uma porrada no torcedor de outro time que ficou zoando você, contando vantagem pela vitória por um pênalti roubado?

— Eu não. E é por isso que sou a favor do vídeo como auxiliar do árbitro. É uma outra opinião, em tempo real, de um juiz que revê a jogada na tela, de todos os ângulos, longe da pressão dos jogadores e das torcidas, com frieza. A tecnologia pode acabar com essas discussões intermináveis sobre faltas, pênaltis, impedimentos, mão na bola. A arbitragem tem que ser técnica. Quem decide o jogo é o talento e um pouco de sorte.

— Afoooonsô — Ilana falou seu nome com um ó alongado e fechando o final, como a chamá-lo à razão —, que árbitro de vídeo, mano? Congelar o jogo cinco, dez minutos? Tá maluco? Ficar com o grito de gol entalado na garganta até o VAR confirmar e ele sair atrasado, ou engolir na marra o grito porque o juiz influenciado pelo árbitro de cabine anulou? Isso não é do jogo. Se não houver discussão, se não tiver raiva envolvida, se não der para xingar o juiz, influenciar o apito, tudo fica mais chato. Depois do juiz de vídeo, só falta mesmo o goleiro robô! Mano, futebol sem briga não tem graça! Futebol paradão assim não existe. Acho que você não gosta de futebol. É para vencer sempre. No jogo pegado mesmo, no calor do campo.

— Você não consegue ver o talento do outro, Ilana? E o drible espetacular? E a defesa que parecia impossível? E o gol fenomenal, malabarístico? A jogada inteligente? A esperteza? A velocidade? A visão de campo, que permite o passe preciso para o companheiro livre chutar em gol? O time avançando certeiro, passe a passe. O jogador criativo que sai do esquadro e surpreende a defesa? A encaixada impossível do goleiro que parece adivinhar a trajetória da bola? É pura emoção. Não precisa de violência.

— Ah, esse futebol não existe mais, Afonso. Futebol arte é coisa de museu. Puro saudosismo. Do tempo dos Nelson Rodrigues da vida. Agora é tudo na planilha e na resistência física, muita pressão e porrada. Para torcer é preciso ter essa gana.

— Ilana, sério mesmo, não sei como tolero vir ao jogo com você. No futebol você perde a razão, vira uma loba desvairada.

Ilana riu às gargalhadas e respondeu, matreira:

— Na cama, você bem que gosta desta loba endiabrada.

Afonso riu, um pouco encabulado.

O time visitante entrou em campo animado pelos gritos e cantos de seus torcedores, e acossado pelas vaias da torcida local, muito maior. O time da casa apareceu com toda a pompa, empurrado pela massa. Os torcedores de fora, irritados com a desvantagem numérica, gritavam mais forte ainda versos de estímulo para seu time e ofensas raivosas contra os mandantes. Começou o jogo. Após a explosão de entusiasmo, as duas torcidas se calaram. Rostos crispados, expectativa tensa. A cada boa jogada, uma onda de alegria e apoio. A cada lance mais duro, apupos, gritos, reclamações, ofensas. Jogo nervoso. Pegado. A voltagem passava das arquibancadas para o campo e do campo para as arquibancadas. Ninguém ficava imune. O contágio era geral e inevitável. Primeiro tempo difícil. A bola parecia incapaz de entrar em qualquer um dos gols. Ataque cá e lá. Nada. Bola fora, bola no travessão, impedimento, falta perigosa, chute por cima da trave, passe errado, escanteio, cabeça na bola, defesa improvável, mão na bola, bola na mão. As torcidas impacientavam-se, empolgavam-se, irritavam-se. Atacavam-se nas disputas e xingavam os próprios times quando erravam. Insatisfação geral. Via-se o nervosismo nos rostos, nos gestos, nos gritos e nas ofensas. O maxilar de Afonso doía de tanta tensão. Tinha os punhos cerrados. As unhas cravadas nas palmas das mãos marcavam nelas meias-luas avermelhadas em baixo-relevo. Ilana estava incontrolável, numa mistura explosiva de entusiasmo, desespero e agressividade.

Por um breve instante, a raiva passou. Aí veio o segundo tempo. As torcidas tentavam estimular seus times cantando. O jogo recomeçou mais pegado ainda, as faltas se sucediam. Cada falta que o juiz apitava, confusão no campo e nas arquibancadas. O jogo continuou violento e retrancado até o final dos noventa minutos. Permaneceu empatado em zero a zero até o minuto final da prorrogação. Um ataque inesperado foi neutralizado com uma falta dura e perigosa. Cartão amarelo. A torcida revoltada queria vermelho. Falta cobrada, troca rápida de passes. Com uma finta, o centroavante escapou de outra falta maliciosa. Um drible, um passe certeiro e um chute preciso.

Gol dos visitantes. A torcida local se revoltou. A arena estava prestes a virar um inferno, e Afonso pressentiu a proximidade da erupção. Tentou convencer Ilana a sair antes do fim. Mas era impossível argumentar com ela. Em pleno delírio, quase desfigurada, ela devolvia as ofensas e se congratulava com os vizinhos. Desconhecidos se abraçavam e beijavam como velhos amigos. Eram agora um grupo coeso, vitorioso, desafiando qualquer ameaça. Antes mesmo do apito final, parte da torcida da casa avançou sobre os visitantes e as torcidas atracaram-se numa batalha feroz. A onda de violência parecia um tsunami. A massa de visitantes recuou, colhendo Afonso e Ilana de roldão. Ela tentou avançar sobre os que se aproximavam, mas a força da turba em recuo era irresistível, jogando-a no chão, onde pés aflitos atingiram sua cabeça, seu rosto, seu corpo. Desesperado, Afonso tentou resgatá-la, mas levou uma cotovelada violenta abaixo do ouvido esquerdo, perdeu o equilíbrio e não conseguiu mais levantar, tantos eram os pisoteios e chutes. Quando deu por si, estava na ambulância a caminho do hospital. Perguntou por Ilana e não teve resposta. Foi levado para a emergência e de lá para a seção de politraumatizados. Sofreu fraturas na mão e em uma costela, além de vários golpes no rosto e na cabeça, por sorte sem maiores consequências. Algum tempo depois, convenceu uma enfermeira a pegar seu celular no bolso da calça, avisou Eduardo e pediu que procurasse por Ilana. O amigo chegou aflito ao hospital. Afonso contou a loucura que havia sido. Eduardo comentou que ele havia dado uma sorte incrível, pois várias pessoas tinham morrido pisoteadas. A briga se alastrou pelas ruas e até tiros foram ouvidos. Se partiu de torcedores ou da polícia, não houve quem soubesse dizer. Uma selvageria absurda, Eduardo concluiu.

— Você conseguiu ter notícias da Ilana, Dudu?

— Está aqui no hospital, parece que sofreu uma concussão. Eu não tive autorização para vê-la.

Afonso tentou levantar, mas o amigo o conteve.

— Êê, mano. Calma! Você ainda está em observação. Não pode sair daqui. Precisava se ver, está desfigurado. Não sei como vocês não morreram.

— Mas preciso saber dela... ela não pode ficar sozinha.

— Calma.

— Ela está mal?

— Não sei. A informação é que ela está estável.

Eduardo pôs a mão em seu braço e explicou que já havia ligado para o pai de Ilana, que obviamente ficou muito nervoso. Um tio dela mais novo estava a caminho do hospital. Haviam combinado de se encontrar mais tarde, quando esperava ter mais informações. Afonso teria que ficar em observação por mais algumas horas, só para ver se as lesões no rosto e na cabeça haviam sido mesmo sem consequência.

São Paulo, Centro

O garoto de moletom camuflado nem passou perto do jogo. Era perigoso demais para ele. Caro demais. Preferiu ver na televisão do centro comunitário. Era bom de pelada. Chegou a tentar uma escolinha de base quando era mais novo. Não deu. Adaptou-se muito bem foi à vida de artista de rua. O *graffiti* era sua melhor forma de expressão. Ele, o rap, o hip-hop, o funk e os slams eram do que mais gostava no mundo. Frequentava um curso técnico de desenho. Ganhava a vida como pintor de paredes, mas ficou reconhecido pelo *graffiti*, como desenhista de muros urbanos. Às vezes, era chamado para decorar as paredes de escolas, galpões de empresas. Era o momento em que o pintor de paredes e o artista dos muros se juntavam. Depois do curso, ficava pelas ruas até tarde da noite. Ele tinha onde morar, não vivia na rua. Morava numa pequena casa, que havia sido do avô, na entrada do cortiço. Havia feito parte de um casarão dali. O avô, funcionário da prefeitura, havia comprado aquele pedaço e o transformado numa casa separada, que ficou para a filha quando ele morreu. Ela trabalhava como empregada doméstica nos Jardins. Só ia em casa nos fins de semana, quando ia. Pegava muito serviço extra para ajudar no orçamento. O pai desapareceu quando ele ainda era pequeno. Dizem que foi morto pela Rota. O garoto de moletom só voltava para casa na hora de dormir. E ainda via TV, ouvia música e jogava, sempre usando os fones para não incomodar os vizinhos. Estava sempre atento e preparado. A cidade o espreitava. Era invisível como pessoa mas, ao mesmo tempo, vigiado como se fosse bandido. Só o viam por mal, por causa da sua cor. Habitante da noite, gostava mais de pintar quando escurecia. Prestava atenção em pessoas que lhe pareciam boas. Estavam por ali como ele. Sentia uma energia boa. Como aquela jovem professora da escola perto de sua casa, que parecia tão atenta. Chegava cedo e saía tarde. Imaginava quem seria ela. Qual seria seu nome. Pouca gente tem alma hoje em dia.

São Paulo, Jardins

Eduardo olhou para Paulo com uma mistura impossível de sentimentos. Amor e repulsa. Desgosto e saudade. O irmão estava como louco. Como se manejasse uma automática, berrava palavras ofensivas que formavam um conjunto sem sentido, frases raivosas atiradas em sua direção, em sucessão como projéteis de metralha. Tinha os olhos injetados, a razão apagada, enquanto atacava não apenas o irmão, mas a todas as pessoas que não cabiam na estreiteza de sua concepção de mundo. Eduardo, enojado com as agressões verbais, replicava enraivecido. Um não via razão no outro. De fora da briga, quem visse os dois diria que nenhum deles fazia sentido. Era o que pensava Rita, a irmã mais velha.

— Quer saber, Paulo? Vai se foder! Estou de saco cheio! Você não pensa, vomita ofensas! Não falo mais com você. Pelo menos até que volte a pensar. Se um dia for capaz disso...

— Diz o sujeito que só quer fazer merda no mundo! Acho ótimo não nos falarmos mais. Você está precisando é de tomar umas porradas de verdade numa dessas desordens de rua que você adora.

— Se acha que preciso de porrada, vem dar...

Rita ficou entre os dois, tentando evitar o pior. Não conseguiu barrar o murro que Paulo acertou na orelha de Eduardo, nem o chute de revide que atingiu a virilha de Paulo. Os irmãos bufavam como animais e se olhavam com raiva. Nenhum dos dois saberia dizer por que a briga começou. Uma frase distraída, uma alusão, alguma ideia que o outro achou fora do lugar. Nestes tempos de cólera, bastava uma palavra, um olhar, para detonar a explosão de ofensas e contraofensas. A família estava fraturada por divisões irremediáveis.

Meus dois irmãos, cada um a seu modo, são dois perdidos. Andam por caminhos opostos. Paulo é ambicioso demais, acaba frustrado. Dudu é um artista sem ambições materiais, sonha muito, acredita demais no ser humano, acaba amargurado com as decepções. Paulo é elitista, conservador, só acredita no capitalismo. Dudu é progressista, cada vez mais contrário a qualquer tipo de governo. Eles sempre brigaram por tudo. Paulo sempre foi certinho, rígido. Dudu, rebelde, contestador. Agora piorou, estão irreconciliáveis. E tudo que eu queria era minha família unida, se dando bem, se amando. Quando ainda tinham diálogo, discutiam por qualquer coisa. No começo, Dudu dizia a Paulo que a autodisciplina e a autogestão eram o melhor caminho. "Liberdade, mano", ele brincava. "Tudo funciona quando todos se sentem iguais, livres e necessários." Paulo reagia, dizendo que só na cabeça anárquica dele isso dava certo. O mundo precisava de ordem, comando e respeito pelos mais aptos. A hierarquia tinha seus motivos para existir, só a meritocracia funcionava bem. O outro respondia que hierarquia se construía com privilégio e autoritarismo. Os escolhidos ficavam com a carne e os que se matavam de trabalhar com o osso. Era assim desde os tempos da escravidão. Esses que mereciam o osso, dizia Paulo, não passavam de vagabundos despreparados. Era uma discussão recorrente e interminável. Eles sempre tiveram visões opostas da luta de nossos pais. Paulo acreditava que sofreram o que sofreram por causa de seus próprios erros. Dudu tinha convicção de que foram heróis da resistência à opressão e à corrupção do poder. O que eles passaram foi um absurdo, uma violência, um abuso, uma desumanidade. O direito de expressão e opinião é sagrado. Nisto, eu acho que ele está certo. Paulo respondia que as circunstâncias eram muito adversas e a escolha deles foi imprudente, insensata e extremista. A ideologia os cegou e não conseguiram ver o quanto estavam errados, queriam a ditadura comunista, não a democracia. Cego era Paulo, que nunca via os absurdos e

*vícios dos que admirava, reagia Dudu. Eles viviam em liber-
dade graças à luta de nossos pais. E neste tom, perdiam-se na
senda interminável de desencontros, alheios a todos os outros.
Quando brigavam sobre nossos pais, pareciam dois estranhos.
Nos bons tempos, ficavam agastados, mas não rompiam. Eram
capazes até de algumas conversas mais serenas, embora nunca
sem arestas. Isso foi antes dos eventos que reviraram a vida de
todos. Desde o primeiro momento, viram-se em lados radicalmente opostos e irreconciliáveis. Carla, lógico, tomou o lado
de Dudu e de Afonso. Ficou muito amiga de Afonso, desde que
Dudu os apresentou. Amava um e admirava o outro, mas se
dava bem com Paulo. Isaura concordava com Paulo e minha
cunhada Khatia. As duas são primas. Maria e Annabella,
minha sobrinha, são da mesma idade, cresceram juntas e sempre foram amigas, nunca entraram nessa briga. Mas Khatia
proibiu a filha, Annabella, de se relacionar com Maria. Eram
obrigadas a se ver às escondidas. Maria tinha opiniões fortes
sobre tudo e sempre dizia o que pensava. Annabella, não. Tinha
suas preferências, mas evitava discuti-las para não contrariar
os pais. O único momento em que Annabella chamava a atenção da mãe era quando Khatia falava com desprezo de quem
não se enquadrava no seu figurino de "pessoas de bem". Minha
cunhada escolhia pessoas de bem pela cor da pele e pela condição social. Mostrava todas as formas de preconceito. Com o pai,
Bella, a chamamos assim, nunca se atrevia a discutir. Quando
estava a sós comigo ou com Maria, tratava sua casa como o
"quartel do Paulo". O máximo de rebeldia de que era capaz
eram os encontros secretos com Maria. Esta puxou ao pai,*

Afonso, para desespero da mãe. Parecia fisicamente com ele e pensava igual. Desde pequena tinha vontade própria e sabia expressar sua contrariedade. Minha sobrinha querida, Bella, me cativou com a maneira cuidadosa com que tocava sua vida, ainda tão jovem. Mantinha suas convicções, apesar de toda a pressão dos pais. Mas escolhia cuidadosamente o momento e a forma de manifestá-las, para não entrar em conflitos desnecessários. Nisso, ela se parecia muito comigo. As duas primas se complementavam, e por isso se davam tão bem. Bella ajudava Maria a abster-se de manifestar sua opinião em ocasiões de alta tensão. Esperar o clima arrefecer. Maria mostrava para Bella que a geração delas tinha que seguir seu próprio caminho, e este caminho não passava por repetir o dos pais.

Eduardo resolveu caminhar até a estação do metrô para se acalmar. Havia combinado de encontrar Carla depois do almoço. Ao virar uma esquina, deu de cara com um buraco grafitado. Desviou sem tirar os olhos do *graffiti*. "Superartista, sacou tudo, muito bom", pensou. Ele não percebeu o garoto de moletom camuflado dobrar à esquerda algumas esquinas à frente. Mas o grafiteiro o viu desviar de seu buraco e sorrir. "Pegou um pouco do sentido da minha arte", pensou.

Tinha esperança de que fosse um surto. Um dia ele iria se curar. Paulo não era tão radical até alguns meses atrás. Sempre foi conservador, centro-direita. Sempre encontrava atenuantes para o regime militar. Mas, desde a última campanha, virou um reacionário de ultradireita, extremado, explosivo, até violento. O ressentimento pela frustração de suas grandes ambições o amargou a ponto de cair nessa loucura. Antes, não era tosco desse jeito, aferrado a preconceitos tão evidentes. Ficou irreconhecível. Sempre discordamos, mas já nem dava para argumentar com ele. Estávamos em campos tão opostos que não havia mais o que dizer. Iria mesmo acabar em porrada. Deixei a casa de Rita coberto de suor, raiva e um pontinho de culpa. Não por ter brigado com Paulo, briga entre nós fazia parte da rotina. Um pouco, por termos chegado à agressão física. Muito, por causa de minha sobrinha, que nada tinha a ver com as mentes perturbadas por emoções políticas extremas. Bella é uma ótima menina. Não puxou o temperamento dos pais. Ela tem a inteligência calma de minha mãe, sua avó, o cuidado no trato, que puxou de sua tia Rita, minha irmã, e sofre demais com nossas brigas. Temos uma relação muito amorosa e não quero perdê-la. Há muito tempo eu achava que Khatia, minha cunhada, era uma víbora com veneno ultradireitista nas glândulas. Uma valquíria enlouquecida ou uma daquelas louras nazistas de cinema. Ela e Paulo se mereciam. Rita concordava mais comigo, mas não em tudo, e nunca entrava em nossas discussões. Não tomava partido. Só tentava nos acalmar. Quase não falava nessas horas. Assistia melancólica e aflita à família se dispersar e não encontrava seu lugar no mundo cheio de ódios. Paulo não percebia que a sociedade ia se dissolvendo de forma inexorável, que o passado que ele idealizava nunca existiu. O mundo desmoronava à nossa volta, a indignação

*crescia, e ele preferia resolver tudo na marra, com disciplina,
hierarquia e ordem. O Velho tinha razão. Paz, só na terceira
margem. Vai saber...*

Paulo saiu da briga com as têmporas pulsando. Entrou
na BMW e acelerou, sem perceber o carro que passava.
Forçado a frear bruscamente, só se deu conta do jeito
que tinha saído da vaga quando o outro motorista buzi-
nou. Ao virar a esquina para tomar o rumo de casa, também não reparou no garoto de moletom camuflado. Só
o viu quando ele saltou para a calçada, evitando o carro
que passou muito perto do meio-fio. Depois acelerou
mais e foi embora.

*Já não bastava meu inferno particular. Rita achava que
eu me sentia traído, tinha ressentimento, ou raiva. Mas o fato
é que o país sempre esteve muito aquém dos meus sonhos e
desejos e eu tenho sido prejudicado por isso. Sempre cheio de incompetentes protegidos por afinidades ideológicas ou por com-
padrio. Não por falha minha. É esse sistema, essa engrenagem.
Sou forçado a aturar juízes incompetentes, advogados desqua-
lificados... E a corrupção? Corre nos corredores dos tribunais
como um rio de lama invisível. Só encontro algum alívio na
academia, nos treinos com a turma. A gente se entende. Khatia
sempre concordou comigo. Eduardo diz que vejo tudo com preconceito e que não tenho inteligência emocional para entender
quem não cabe no meu modelo de pessoa de bem. Só perdendo*

a cabeça com esse meu irmão! Ele não tem ambição. Quem é ele para dizer que sou preconceituoso? As pessoas são diferentes, sim. Umas são melhores do que as outras, sim. Umas são superiores e outras são inferiores. As coisas só funcionam bem com hierarquia, disciplina e mérito. Nunca com esse sistema que pune os melhores e protege os incapazes. Ele chega a defender as cotas em tudo quanto é lugar. Já não basta elas estragarem as universidades? A Rita não admite, mas está do lado dele. É um erro. Meu irmão é um desperdício. É inteligente, teve boa formação, podia estar bem de vida, dirigindo uma empresa, ganhando dinheiro. Mas preferiu viver a vida louca e desorganizada de um vagabundo, um inconsequente com ideias esquerdistas. Podia casar, ter filhos, uma família, mas prefere a vida de boêmio, de mulher em mulher. Quanto deve ganhar pelas crônicas que escreve? Troco miúdo. Ele se transformou no tipo de pessoa que tento evitar. Não se escolhe os irmãos. Evito conviver com ele para não brigarmos. Eu podia matá-lo se Rita não nos apartasse, e claro que não desejo isso. Nos vemos o mínimo necessário, mas mesmo assim nossos encontros a cada vez dão mais errado. Agora deu no que deu. Acabou. Ele e Afonso, inseparáveis desde a infância, se merecem. O que não entendo é como a Isaura se casou com Afonso, um comunista. Era óbvio que acabaria em separação, em dissolução da família. São dois doutrinadores, envenenam a cabeça das pessoas, até das crianças. Imagina deixar minha filha estudar com Afonso. Maria ficou tão revoltada assim por causa das ideias que o pai lhe pôs na cabeça. Fico arrepiado de medo quando ela se encontra com Annabella. Elas se gostam, ou se gostavam. Ainda bem que a mãe conseguiu convencer Annabella a se afastar dela. Estremeço quando vejo Eduardo com minha filha. Ele sabe seduzir as mulheres. Podia envenenar a cabeça dela. Entortou a de Carla, a namorada mais razoável que ele arrumou em muito tempo. Era rica, bem-educada. Do pouco que conheci dela, me pareceu a escolha certa, o que é surpreendente em Eduardo. Mas ele meteu umas ideias tortas na cabeça dela e Carla foi ficando igualzinha a eles. Vendeu a rede de lojas que herdou dos pais e, claro, manteve a propriedade de Ilhabela. Agora devem fazer bacanais políticos por lá. Nós nunca fomos. Sei que meu irmão me chama de zumbi que finge racionalidade. É uma cretinice. Racionalidade é racionalidade, não tem como falsificar. Ou somos racionais ou irracionais, como ele. Nada do que o Eduardo faz é admissível. Ele nunca teve noção do que é ser racional. Jogou a vida na lata do lixo. Ele não me perdoa por apoiar o governo, mas apoiei desde a campanha. A bagunça precisava acabar. Essa gente estava levando o país para um descaminho sem volta. Meu irmão não vê que a sociedade está falida, que precisamos construir uma sociedade saudável, forte, com valores claros e bons. Chamam de censura a seleção do que é bom e o bloqueio do que é nocivo. Devemos filtrar as ideias sim, com critério, como filtramos a água para evitar infecções. Eu chamo isso de educação moral e cívica. Continuo sem entender como meu irmão não aprendeu com a vida de nossos pais. Os dois sofreram tanto pelos erros que cometeram na juventude. Quase morreram. Mas ele não vê o quanto esses desvios custaram caro, aos nossos pais e a nós também. Nem percebe que está repetindo os mesmos erros. Os dois tiveram que trabalhar até morrer, nunca puderam se aposentar. Culpa daquele Velho irresponsável que entortou a cabeça deles. Até hoje é uma péssima influência para meu irmão e Afonso. Eduardo virou um vagabundo que acha que escrever umas crônicas diárias é trabalho. Sou um homem de bem. Tenho noção de justiça. Construí minha vida com os valores do bem. Em tudo há o bem e o mal. O mal precisa ser combatido em toda parte, com justiça, mas com firmeza, sem piedade. O mal corroeu nossa sociedade e ela está em escombros. Não quero isto para minha filha. Quero a sociedade do bem, voltar à ordem que existia antes.

São Paulo, Vila Madalena

Quando Maria chegou do Eleutheria, encontrou Afonso lendo. Ele pôs o livro de lado:

— Oi, filha, e o primeiro dia, como foi?

— Bom, nada a ver com o outro colégio. A gente teve uma discussão e quem discordava do outro tinha que mostrar que entendeu tudo que o outro tinha dito. Tipo assim: eu fiz um resumo do que o Felipe, um dos meninos da minha sala, falou sobre o *graffiti* e ele devia dizer se eu havia entendido direito o ponto dele, se fui justa com o pensamento dele. Aí, foi a vez de ele fazer o resumo da minha posição e de eu dizer se ele tinha sido justo comigo. Só depois a gente podia debater e cada um defender sua opinião.

— E como acabou?

— Continuei não concordando com ele. Continuo pensando que *graffiti* é arte. Ele acha que é pichação. Mas foi bom. Depois dessa aula, acho que tem menos chance da gente brigar por isso. Ele, pelo menos, sabe que entendi o que ele estava falando. Eu também sei que ele conhece melhor os meus argumentos.

— Vi um buraco desenhado na rua aqui perto, e tão bem-feito!

— Eu também vi. Ele engana. A gente acha que é buraco mesmo. Queria pintar daquele jeito. Eu me identifico com muito *graffiti* que vejo pela cidade.

— E amigos, fez algum?

— Vou fazer. Já me aproximei de algumas meninas e de uns meninos.

As semanas se passavam e Afonso não deixava de se encantar com a experiência de ter a filha vivendo com ele. Era muito diferente dos fins de semana compartilhados, muito mais intenso. De outra feita, Afonso viu Maria chegar do colégio e lhe perguntou sobre as amizades. Era importante que a filha fizesse logo novas relações, após as que havia perdido tão dolorosamente.

— Fiquei mais próxima da Talita. A gente se entendeu direto desde o começo, tipo na primeira frase.

Minha outra escola era só branca. Lá é misturado, tenho vários colegas negros. Se não podem pagar, ganham bolsa. Também me identifiquei com a Karen. Ela mora no centro, tem que acordar mais cedo para chegar na hora. O Denison é vizinho dela, um gênio na matemática, também estamos amigos. A escola tem discutido muito racismo e machismo. Hoje falamos de abuso sexual, porque teve aquele caso horrível da menina estuprada.

— Nossa cultura é muito racista. Tem gente que discrimina os negros sem nem se dar conta do que está fazendo. Com o machismo também é assim.

— Tipo reflexo condicionado, né?

— Mais ou menos. O racismo é um traço profundo, quase instintivo, que a maioria nega enquanto pratica. Está na raiz da nossa sociedade. O machismo também. Nós homens somos condicionados a agir de determinada forma, e é preciso muita força de vontade para reverter isso. Para complicar, muita mulher é tão machista quanto os homens. É como se fosse natural, fosse para ser assim mesmo.

— É o preconceito, né?

— É, sim. A naturalização de visões preconcebidas e distorcidas leva à rejeição dos que vemos como diferentes. Clichês como mulheres não são boas em matemática, judeus são gananciosos, negros são bandidos, índios são preguiçosos etc. Aí, aplicamos mentalmente esses modelos que nos foram ensinados e discriminamos as pessoas, separando as que se enquadram e as que não se enquadram neles.

— Sei como é. Tipo, se tem uma menina boa em matemática, dizem que é exceção. Acho bacana que a gente discuta essas coisas. A Karen já falou duas vezes de situações dolorosas de racismo que ela viveu. Cada absurdo, pai. Uma tia queria que ela alisasse o cabelo para parecer branca, e ela fica muito mais bonita com o cabelo afro, dreadlocks, aquelas tranças… Lá no Eleutheria não tem nenhum controle de como a gente se veste ou se penteia.

— E as aulas?

— Tranquilas. Vou aprender espanhol, além de inglês.

— Isso é ótimo.

— Eu achei a aula de inglês meio fácil demais.

— Maria, você já fala inglês. Nunca entendi como você aprendeu inglês jogando online, mas aprendeu!

— Aprendi interagindo com os outros gamers.

Os dois riram.

Nessa idade, na primeira fase da vida, as feridas curam rápido. É com o passar do tempo que se desaprende a superar as dores e relevar as ofensas. Ela havia superado a rejeição dos amigos do antigo colégio. Mas não inteiramente. Duas amigas, Ana Carla e Carol, eram especiais; haviam dividido muitas cumplicidades e confidências. Pensava nelas com saudade e desespero. Sentia-se mais só, sem aquelas companhias íntimas. Haviam admitido umas às outras em suas privacidades. Adolescentes digitais são capazes de compartilhar o que deixaria chocado o mais permissivo dos adultos. Mas em certas áreas privativas só permitem a entrada dos amigos muito íntimos e quando a confiança é recíproca. Maria sentia-se traída quando imaginava-as falando mal dela, espalhando coisas sobre ela. Muitas vezes pegou o celular para enviar uma mensagem para as ex--amigas, mas desistiu. No começo continuou seguindo as duas nas redes. Depois, desamigou-as. Vivia esses conflitos nas horas vagas, quando estava em casa, em sua cama, tentando decidir se leria um novo livro ou começaria um jogo. Os pesadelos não a deixavam, e as mágoas da mãe pareciam calcificar, recalcar, sem cura, formando um ponto dolorido e duro.

Estou menos preocupada agora com o que minhas amigas vão postar sobre mim. Não fico lembrando disso quando estou na escola com meus novos amigos. Dá trabalho fazer novas amizades, entrar em grupos que já estão formados. A gente não tem a memória, tem que superar a desconfiança, aprender novos jeitos, novas brincadeiras. Não tenho dificuldade para me relacionar. Vou encontrando um jeito, conhecendo melhor os outros, definindo meu espaço. É tipo um jogo de aventura ou de RPG. A Talita ajuda bastante, a Karen também. Acho legal não ter mais que ficar dizendo os sobrenomes. Eu e Talita descobrimos que já interagíamos online. Demorou pouco tempo para eu descobrir que ela era a SomberGirl, e ela que eu era a ArcaneLady. A Karen passou a jogar também, com o nome de ObsidianQueen. Estou me encontrando.

São Paulo, Centro

O garoto de moletom camuflado conhecia o centro profundo de São Paulo. O Centro dele era diferente. As pessoas se misturavam sem se confundir. Gente de toda parte. Ele gostava do Centro. Mas vivia atento. Mesmo na sua área, o perigo estava presente. Sua vida, seu risco. "Querer a paz é uma utopia." Quem vê a Sé, não vê o que está por trás da Sé. Quando lia as notícias dos conflitos na elite, se perguntava "Por que eles brigam, se na vida deles tudo é fácil? Aqui, na rua, é que está o real." A vida na rua era desamparada. Cada coração tinha um limite para a dor. A sua vida podia ser muito pior. Ele sabia, porque conhecia outras.

A tarde seguia agitada e poluída e ninguém notava. Era parte da rotina já entranhada na alma e nos pulmões. Eduardo saiu do metrô e andou pela rua lateral, rumo à avenida no lado oposto à praça que atravessou pelo extremo norte. Paulo deixou o carro num estacionamento próximo à avenida e se dirigiu para a praça, pelo sul. Isaura estava com amigas do trabalho no Café, no lado leste, não muito distante da estação do metrô. Afonso desembarcou do Uber, cruzou pelo leste, virou para o norte, buscando a agência do banco próxima ao metrô. Quando chegou à mesma rua pela qual o amigo seguia, ficaram a dois quarteirões de distância. Mas não se encontraram.

Os irmãos seguiam por ruas paralelas. Um seguia do norte para o sul, o outro, do sul para o norte. Estiveram lado a lado, separados por uma muralha de prédios. Ambos andavam rápido. Eduardo pensava no artigo que devia entregar até o final da tarde do dia seguinte. As crônicas do final de semana, entregaria na sexta. Paulo estava preocupado com a defesa de um cliente. Eduardo reparava nas pessoas com as quais cruzava na praça. Paulo nem percebia a existência delas.

Afonso passou pelo Café sem olhar para dentro. Isaura não o viu passar. Ele imaginava como era bom ter esse tempo com Maria em casa, só dele com a filha. Ao mesmo tempo, preocupava-se com o afastamento entre ela e a mãe. Não era bom que vivessem separadas. Isaura lamentava com as amigas seu desentendimento com a filha, mas dizia que era melhor ela ficar com o pai por enquanto. Todos tensos, olhavam para a vida sem ver suas múltiplas possibilidades. Uns estavam mobilizados para a guerra iminente, outros atordoavam-se com a impossibilidade da paz. Não se cruzaram. Nenhum deles viu os outros. O desencontro é fácil.

O garoto de moletom camuflado evitava a praça àquela hora, podia ser perigoso. Andava por certas ruas quando os outros estavam dormindo. Andava pela noite até encontrar o ponto perfeito para mais um *graffiti*. Ele sabia que quando olhavam um de seus buracos, temiam cair nele, e gostava dessa reação. Era o momento em que se fazia mais real, criando uma ilusão. O seu vulto nas paredes e os buracos pintados nas calçadas eram o reverso de sua invisibilidade. "Eles não me conhecem. Nem me reconhecem."

A cidade tem raiva. Ela se irrita parada. Anda zangada. Engasga, resfolega, destempera, sufoca em seus gases. Ri, dança, come, bebe, sempre estressada. É veneno e antídoto, começo e fim de tantas vidas. E continua a crescer. A massa domina a cidade, mas cada parte dela é uma pessoa só, no embalo da multidão. As pessoas apressadas e tensas, em seus microuniversos fechados, com sua luz e seu escuro, seu tempo, sua energia, e seus vulcões interiores, seus escassos remansos. Pessoas-ilha, aflitas em ruas nervosas. Umas, armadas como fortalezas. Outras, prestes a estalar.

São Paulo, Jardim Europa

Eduardo fugia das relações duráveis para poder levar a vida mais livre possível. Desarrumada. Imprevisível. Até encontrar Carla. Tinham tantas afinidades que suas reservas baixaram. Se vivessem nos anos 1970, os dois seriam hippies. Ela era leve, inteligente e livre. Pintora, começava a acontecer no mercado de artes. Vivia do aluguel dos imóveis que herdou dos pais e da venda de seus quadros. Não tinha mais família. Era sociável, embora não cultivasse muitos amigos. Só apresentou três amigas a Eduardo. Um casal, Julia e Bruna, as donas da galeria que a representava, patrocinavam e integravam uma ONG dedicada a promover a adoção de crianças mais velhas, entre 5 e 15 anos, quase todas rejeitadas por casais que preferiam bebês. E Esther, uma ativista, que se definia como feminista, socialista e judia da pele acobreada dos palestinos. Era uma autora de prestígio no Brasil, em Portugal e na Espanha, com uma agenda animada de entrevistas, palestras e conferências. Muitos a chamavam de louca, mas as loucuras que fez vida afora não foram mais que atos de autoafirmação. Tinha sua própria ideia de liberdade. Deliberadamente política, tomava posição em tudo, com ênfases fortes na voz e nos gestos. O mundo era hostil a mulheres independentes, de opiniões francas e diretas. Gostava de discutir, deixava os interlocutores mudos de raiva. Quando diziam que era incoerente, dava uma forte gargalhada e pedia "sério, me explica o que é coerência: é pensar como você?". Também era amiga de Júlia e Bruna. As quatro eram inseparáveis desde o colégio. Quando se juntavam, tinham sempre discussões acaloradas, mas nunca brigavam, sentiam-se do mesmo lado do muro. Esther mudou-se para Barcelona e voltava no momento de maior perplexidade coletiva tanto lá, quanto cá. Carla era bem diferente dela. Calma, não se exaltava com facilidade. Do seu jeito manso conseguia sempre deixar claro seu ponto de vista. Era feminista, como a amiga, mas a seu modo, menos vocal. Pensava em cores e texturas, mais do que em ideias e palavras. Como um músico pensa em notas, ou um matemático em fórmulas e figuras. Era animada, extrovertida, mas sem agressividade. Entendia-se bem com Eduardo, coisa rara nos seus relacionamentos. Respeitavam os limites de cada um. Numa coisa, sobretudo, eram iguais: detestavam amarras, de qualquer tipo.

Sou um lobo solitário. É assim que me sinto. Afonso é meu amigo mais próximo. Talvez o único que sobrou nesse trajeto de agruras. Escrevo crônicas para o jornal, dou oficinas de escrita. Paulo acha que escrevo inutilidades e ensino a escrever mentiras, só respeita a lógica linear. Para ele eu subverto qual-

quer lógica. Hoje, a regra de sobrevivência é sua vida, seu risco.
Tento ser autossuficiente. É preciso mesmo ser independente.
Pago fundo de pensão privado, porque não conseguirei me apo-
sentar pela previdência pública. Tenho plano de saúde privado,
cada vez mais caro e restritivo, embora minha experiência com
hospitais públicos tenha sido sempre boa. Fui atendido em três
emergências, todas resolvidas e confirmadas pelos médicos
particulares. Afonso e Ilana foram bem atendidos quando
saíram feridos da briga entre as torcidas. Ilana, que ele meio
namorava na época, quase morreu. Foi salva pela equipe de
neurocirurgia de um hospital público, mas o sistema está des-
moronando, vítima da má política. Sou oposição ao governo, à
oposição ao governo e à oposição à oposição ao governo. Vivo no
fio da navalha e não saberia viver de outro modo. Desde que saí
da faculdade, não encontrei meu encaixe no mundo. Sempre
chega o momento em que me vejo escolhendo entre a relação
formal e a vida solo e livre. Por isso não me sinto autorizado a
contratar parceria permanente para uma vida de imprevistos e
riscos. Carla me entende. Também não deseja laços convencio-
nais e é autossuficiente. Ela me dá um raro conforto emocional.
Quero-a intensamente. Estou amando de verdade, talvez pela
primeira vez. Vivemos a união mais duradoura que já tive.

Eduardo é belo. Não a beleza fútil, física, de corpo e de rosto.
Sua beleza está na aura que brilha em liberdade. Ele é livre,
como nenhuma pessoa que conheci. Encontrá-lo foi minha
melhor chance de sobreviver ao momento tenso que vivia. Eu

estava emaranhada numa rede tecida com as dores da perda de meus pais e uma herança que nada tinha a ver comigo. Filha única, de repente me vi desafiada a ser mulher de negócios. *Aquela promessa de futuro feria todo o meu sentimento estético.* Era contra meu DNA existencial, que é de artista. Ela prometia um mundo cinza, sombrio, uniforme, quadrado. Eu me vi de repente cercada de pessoas ambiciosas, querendo me dizer o que fazer, oferecendo negócios, dando sugestões. O curioso é que a primeira pessoa que conheci e que me levaria ao Dudu foi o Paulo, seu irmão. Uma amiga de meus pais me havia dito que Paulo era um bom advogado e podia me aconselhar. Marquei uma consulta e ele me disse que eu devia tentar aprender a administrar os negócios de meu pai, que seria melhor para mim. Eu acabaria me casando no meio e estaria tudo resolvido. Não discuti. Não quis lhe dizer o quanto aquela hipótese me deprimia. A ideia de ser salva pelo casamento agredia minhas mais profundas convicções. Neste mundo dominado pelos homens nunca houve lugar para mulheres. Só como subalternas, auxiliares. Respondi apenas que pretendia me desfazer de uma parte, para não ficar pesado demais. Isto ele entendeu, principalmente o "pesado demais" — os homens são tão previsíveis —, e me aconselhou a procurar um gestor profissional, um bom banco de investimentos para cuidar da venda. Foi um bom conselho. Procurei o banco que ele me indicou e vendi tudo, menos os imóveis, que entreguei a uma administradora que os gerentes da minha carteira selecionaram. Investi o dinheiro da venda como eles sugeriram. Fiquei com a casa de Ilhabela, a única *parte da herança de que gostava. Quando não estava em uso a colocava no Airbnb para alugar por temporadas curtas. No dia em que fui lhe agradecer, ele me apresentou ao irmão. Acho que me apaixonei naquele instante. Eduardo era o oposto de tudo que aquele escritório representava e de tudo que eu queria me livrar. O clima ali era antiquado, conservador, soturno, preto e branco. Dudu era em cores, vestia roupas alegres, de tons fortes, tinha os cabelos desalinhados, o jeito descontraído. Ele era a paisagem de que eu precisava. Paulo e seu local de trabalho lembravam a parte do legado de meus pais da qual eu quis me desfazer. Naquele dia, não brigaram. Imaginei Dudu na praia em frente ao mar, na entrada da casa de Ilhabela, e ele combinava perfeitamente com o cenário. Ele me ajudou a reencontrar meu lugar no mundo, a recobrar a vitalidade artística. Seu grupo vivia das ideias, dos livros, da música, da arte, tudo o que eu queria. Quando contei para Esther, ela me disse que conhecia Dudu e Afonso e eles eram o que de melhor eu poderia encontrar por aqui. Fiquei certa de que entrava naquele círculo para sempre. Dudu tinha medo de reconhecer a permanência. Meu amor por ele amadureceu a partir daquele dia e ficou mais robusto a cada novo encontro. Não queria uma relação que me atasse. Queria que durasse o quanto eu achasse que devia. Ele também não desejava laços que o restringissem, ou fossem inflexíveis. Eu sabia que ele me amava e isto me bastava.*

Carla estava assustada quando Eduardo chegou a seu apartamento. Sua calma habitual invadida por uma grande aflição. Raramente dava opiniões políticas no Twitter. Ouvia muito, falava pouco. Preferia o Instagram, muito mais visual, só postava sobre arte e design em seu perfil. Mas havia escrito um tuíte sobre machismo e censura cultural que lhe valeu um vicioso ataque digital. Centenas de ofensas, xingamentos brutais e ameaças encheram sua conta. Eram ataques repetitivos, mal escritos, na maioria vindos de robôs. A maioria era ofensiva e sexista, e alguns eram ameaçadores. As contas verdadeiras não tinham mais que meia dúzia de seguidores cada. Ela tinha 65 mil seguidores. Não era uma celebridade, mas tinha muito mais conexões que qualquer um de seus atacantes. Menos os dois ou três que entravam para impulsionar as ofensas. O padrão era claro: alguém com poucos seguidores, provavelmente o avatar de uma pessoa real, postava a ofensa ou mentira. Logo, os robôs o repetiam, e aí entravam os influenciadores e retuitavam. Pronto, viralizava. Eram memes tóxicos, difamadores, cheios de ódio e mentiras. Todos os tuítes visavam sua condição de mulher. Tinham o único propósito de ofender, desonrar e ameaçar. Foi um assédio tão massivo que virou *trending topic* e a afetou emocionalmente. De sua arte, diziam que era plágio e estava sendo processada. Diziam que seu comportamento sexual era promíscuo, que só pintava drogada e coisas bem piores. Mentiras, e daí? Elas se propagavam como se fossem verdade. Carla não lidava bem com a agressividade alheia. Reagia sempre mal. Eduardo nunca a viu tão impressionada. Os ataques a atordoaram. Ficou magoada com o número irrisório de pessoas conhecidas que a defendeu. Há muita gente com medo, deixando de ser solidária e de dizer, ou escrever, o que pensa, acuada por esse ódio virtual.

Levantei-me com a sensação de que estava sendo observada. Nua, e o mundo todo olhando para mim. Não tenho problemas com a nudez. Muito pelo contrário, acho a nudez bonita e natural. Mas o sentimento era de um olhar mal-intencionado, de uma legião de sórdidos voyeurs à minha espreita. Senti o bafo deles em minha nuca. Um vento quente, um calor inesperado subindo pelo meu rosto. Quando abri o Twitter, foi como se um maremoto me atingisse direto. Era um volume sufocante de mensagens de ódio, como golpes que me tiravam a respiração. Eu estava sendo surrada, odiada, massacrada digitalmente. A reação era tão desproporcional ao que escrevi, um post moderado, explicadinho, criticando uma decisão de censura cultural com raiz machista e racista inegável. Foi o que bastou para receber esse linchamento virtual. Eu senti como se levasse uma surra de verdade. Como se me castigassem por desobedecer a uma regra dos homens. A sensação foi a de ser apedrejada nua, em praça pública. Um pesadelo daqueles que parecem reais. Fechei o Twitter, mas era como se continuasse a ouvir os impropérios e a sentir os golpes. Chamei o Dudu. Precisava de alguém doce, que me entendesse. Precisava de um abraço amoroso.

Quando ele chegou, ela disse que foi como uma onda gigante, inexorável, que a afogava. Sentiu o vento e a espuma da onda na nuca, e logo foi derrubada e sufocada. Estava doendo fisicamente, reclamou. Eduardo a abraçou e tentou consolar. Ela chorou. Ficaram em silêncio por um tempo. Ele conseguiu distrair a namorada falando de trivialidades, algumas engraçadas, outras curiosas. Comentou o livro que havia acabado de ler, falou dos filmes que gostaria de ver com ela. Após algum esforço, ela conseguiu se concentrar na conversa. Continuou, porém, muito impressionada com o ódio virtual. Ele tocou algum ponto nervoso de sua sensibilidade. Era uma sensibilidade diferente, estética, à flor da pele. Carla disse temer que a violência digital virasse física. Logo para cima dela, que via na ciberesfera uma dimensão cultural e artística nova, cheia de possibilidades a explorar, um território em expansão que se abria em múltiplas fronteiras. A conversa atravessou a tarde. Ele decidiu cozinhar para os dois. Ela não queria sair de casa. Fez um fettuccine com molho de gorgonzola, atenuando o sabor do queijo com manteiga e creme de leite, peras flambadas na vodca e nozes-pecã ligeiramente tostadas. Abriram um Riesling da Alsácia, bem seco e cítrico, e tentaram dissipar aquela emanação tóxica que sufocava sua alma. Eduardo sempre comemorava a sabedoria de Carla, por ter guardado a adega dos pais. Ela abrigava um festival de bons vinhos que jamais estariam ao alcance das contas bancárias dos amigos. Os vinhos e a casa de Ilhabela eram os únicos luxos a que Carla se permitia.

São Paulo, interior

No dia seguinte, Eduardo acordou cedo e passou em casa para trocar de roupa. Mediaria uma mesa-redonda em um congresso exatamente sobre a sociedade digital. O hotel ficava fora de São Paulo, perto de Campinas. Na volta, decidiu visitar o Velho, cujo refúgio não ficava longe dali. Falaram longamente sobre bromélias. Ele lhe explicou que cada bromélia era um ecossistema em si mesma. São uma grande família, mais de 3 mil espécies, com alta diversidade e variação de formas. Explicou como cada ambiente afetava suas formas.

— Elas são autossustentáveis como eu —, concluiu Eduardo.

O Velho olhou-o inquisitivo.

— Ser por conta própria não é bom, é solidão, desproteção. Ser livre e independente é bom — disse, e voltou sua atenção para as bromélias e para as borboletas à sua volta. A conversa ficou sem rumo. Eduardo olhava as diferentes espécies que o Velho cultivava, ainda pensando na diferença entre ser por conta própria e ser independente. Então lembrou do que havia acontecido com Carla no Twitter e perguntou.

— Os ressentidos odeiam cegamente?

— Quando a terra e o cultivo são maus, os frutos são amargos.

— Então...

— O mal nasce da aridez. É bom descobrir as veredas, águas claras. Não somos bromélias. Somos parte da colmeia.

Era como se o Velho tivesse encarnado um monge tibetano. Vivia em estado de contemplação. Parecia alheio, mas sabia de tudo o que se passava. Apenas estava em uma outra dimensão do entendimento. Saí do encontro aliviado. Sua calma vitoriosa era contagiante. Ao voltar, fui encontrar Carla e lhe contei a conversa. Ainda estava preocupado com ela. Carla era incapaz de odiar. O ódio causava-lhe muito desassossego. Não era uma pessoa política. A intromissão de ofensas raivosas na conversa digital afetava sua sensibilidade. Falei sobre como foi a mesa que havia mediado. Ela não era a única preocupada com essa deterioração da convivência em rede. Carla disse que queria conhecer o Velho, já que falávamos tanto dele. Talvez encontrasse nele uma fonte de inspiração. "Ou ele só fala com homens?", perguntou. Respondi que não. "Ele foi muito amigo da minha mãe e da mãe do Afonso." Combinamos que na próxima vez eu a levaria junto. Tinha certeza de que ficaria encantada com o Velho. Tudo lá seria como arte para ela.

São Paulo, Vila Madalena

Afonso perguntou a Eduardo por que não voltava às sessões com Dalva. Ele não respondeu. Quis saber por que o amigo voltava a este assunto, tão fora de hora. Pensava sobre a conversa que haviam tido e concluiu que não era bom Eduardo interromper a análise só porque a analista havia reagido de um modo que o incomodou. Se incomodou, ia bem. Eduardo disse que entendia a necessidade de terapia nesses tempos loucos. Fazia análise com Dalva há quatro anos e ela o tinha ajudado em muitas coisas, mas era tempo demais. Afonso rebateu dizendo que não era uma questão de calendário. "O tempo emocional é outro." Eduardo insistiu que o mundo não comportava mais essas terapias superlongas. Os efeitos terapêuticos, segundo ele, deviam estar em sintonia com o ritmo acelerado do cotidiano. Disse que havia mais de quatrocentas modalidades de psicoterapia. A maioria com efeitos positivos iguais e limitados. Afonso respondeu que ele estava resistindo, porque ela deve ter tocado num ponto crítico. Eduardo fez uma pausa incomodada, dando-se tempo para pensar antes de responder que terapia era uma ferramenta imprecisa. Ela pode se tornar uma confortável forma de conformismo. Ao mesmo tempo, pode cortar e incomodar, nos alertando contra a conformidade. "Poder ser mel e pode ser ferrão." O problema era saber qual dos dois lados venceria. A psicanálise demandava tempo demais para se descobrir. O perigo é descobrir muito tarde que nunca se vai chegar lá. Afonso adotou um tom mais irônico e pôs a mão no ombro do amigo, dizendo que se ele conseguia viver sem emprego fixo nem horários rígidos, não deveria ter nenhum problema com um tratamento mais longo. Eduardo respondeu que era o seu jeito, o seu modo de ser. Tudo em sua vida era móvel. Ia surfando as ondas. Aí, assumiu um compromisso repetitivo, com hora marcada, por quatro anos seguidos. Virou rotina. Foi demais, perdeu o ponto. Não andava atrás de uma prisão terapêutica. Afonso notou que ele estava construindo bonecos de palha para soprar e derrubar. Eduardo, sério, mudou de assunto. Disse que estava enraivecido e preocupado com o que andavam vivendo, cercados de pessoas desajustadas. Eram normais até outro dia, e de repente viraram zumbis.

— Como o Paulo. Saíram das brumas do passado para nos assombrar. Nosso mundo ficou gótico.

— Ah, não, Dudu! Esses zumbis agridem a estética gótica.

— Há controvérsias...

Era preciso pelo menos manter o humor. O riso sempre foi um instrumento precioso contra as tiranias. Por isso humoristas foram perseguidos em todas elas.

Eduardo declarou-se inimigo da racionalidade, disse que a racionalidade era uma prisão.

— É preciso sair da régua racional sempre que possível. Não como zumbis, cuja irracionalidade brutal não tem limites, entende? Se deixar levar pelas paixões, ficar livre da autocensura, do autocontrole, deixar o prazer, o deleite com a vida escaparem de todo limite.

Afonso também não conseguia conceber uma vida plena como prisioneiro das convenções e de uma racionalidade linear.

— Ser racional o tempo todo é uma merda. Dá no que o Paulo se transformou.

— Como é que você chama o Paulo, mesmo?

— Zumbi de racionalidade falsa, e ele fica puto. Ele é linear e se orgulha de ser assim.

São Paulo, interior

O Velho se movia em outra dimensão existencial, outro plano de percepção. Ele via o mundo com uma delicadeza cada vez mais refinada, igual à das borboletas pousando nas flores. Enxergava os conflitos com tolerância às vezes irritante. Não foi tolerante assim na juventude, nem mesmo na maturidade. Foi um militante duro, radical. Afonso tinha a opinião de que o sofrimento atroz da tortura e da longa prisão fizeram com que se transformasse em um ser suave, avesso a toda brutalidade. A ternura emergia da compreensão generosa do mundo e da experiência existencial profunda e dolorosa. Ele era a prova de que a tolerância podia nascer na dor. Experiência e vivência. O encontro doloroso entre a realidade objetiva e o mundo subjetivo. O tempo lhe permitiu ver os erros de todos os lados, mesmo do lado em que sempre esteve. Sobretudo os seus erros. A sabedoria não estava em ver os erros dos outros, mas em reconhecer seus próprios descaminhos. Alguns confundiam a compreensão superior da vida e suas agonias com demência senil. Certa vez, Afonso lhe disse que gostaria de aprender a manter uma atitude aberta, construtiva, mas o mundo desmoronava por toda parte. A raiva ia dominando as reações das pessoas. Parecia quase impossível construir sobre as ruínas. O Velho pôs a mão em seu ombro e lhe disse:

— Há fertilidade sob as pedras. Plantamos as sementes nessas fissuras, por menores que elas sejam. O novo não nasce do velho, mas das franjas de fertilidade que seu ocaso vai deixando livres. É preciso saber identificar as tenras mudas que vingarão e formarão o futuro jardim.

Talvez por isso ele se dedicasse às borboletas e bromélias, pensou, e lhe perguntou por que tantas bromélias. Ele explicou que as bromélias, além de lindas, eram extraordinariamente bem adaptadas. Autossuficientes. Complexas. Fecundas. Disse que elas nos ensinam sobre coisas que vão muito além delas. Um microuniverso cheio de vida. Um pequeno mundo no qual vive uma comunidade abundante de microrganismos e nutrientes. Olhava para elas e pensava que elas nunca perdem sua essência.

— As pessoas andam perdendo sua humanidade. Não é bom.

Assim falou o Velho.

São Paulo, Jardins

A ligação de Esther foi uma boa surpresa. Depois da surra digital que levei, andava preferindo ficar só, ou com Dudu. Mas ela era uma amiga querida. "A" amiga querida, e acabou de chegar à cidade. Ficaria em um Airbnb na Vila Madalena até aprontar o apartamento onde pretendia morar. Voltava definitivamente para o Brasil, num repente típico dela. Queria vê-la. Ofereci para ficar em minha casa. Ela é independente demais para se hospedar com alguém. Respondeu que já estava acomodada e se mudaria em breve para seu apartamento. Faltavam só uns retoques finais. Bia, nossa amiga arquiteta, era supercompetente, ela disse. Fez tudo como acertamos por mensagens. Ela é assim também, executava o que decidia no detalhe. Quis saber o que a trazia de volta. Parecia tão bem em Barcelona. Será que sentiu a aversão ao imigrante que crescia na Europa? Ela era muito mobilizada pelas causas em que acreditava. Muito ativa politicamente. Seu hiperativismo às vezes me inquietava. Respondeu que sentiu que era chegada a hora de voltar. Nunca a vi falar assim, sempre dava razões objetivas para o que fazia. Combinamos de almoçar no dia seguinte. Escolheu o restaurante, sem perguntar minha opinião. Sabia que eu não me importaria. Claro que ela iria querer retornar aos lugares de que mais gostava, sempre com alguma inspiração política. Aquele, comandado por uma chef, mulher de opinião, vinha sendo boicotado pela direita. Contei a ela que passamos a frequentá-lo mais desde que passou a sofrer o cancelamento do outro lado.

Achei Carla estranha. Triste. Pareceu desconfortável com minha ligação. Estava distante, sem entusiasmo. Não nos vemos há mais de ano. É uma amiga querida. Somos tão diferentes. É o que anima nossa amizade. Queria muito saber dela. Era estranhamente discreta e solitária. Mas mudou. Já está com Eduardo há um bom tempo. Vai lhe fazer muito bem, esse amor. Principalmente agora, nesse clima tóxico, que parece anestesiar as inteligências. Há uma nuvem de veneno sobre o Brasil. Vi essa nuvem passar em muitos cantos da Europa. Nossa terra está encoberta por ela. Aqui parece sempre haver maiorias, mas sempre efêmeras, quando não falsas. Há tanto ódio e violência. As pessoas perderam a capacidade de conviver. Nunca fomos muito bons na convivência com o diferente. Não é um ambiente ao qual Carla se adapte bem. Gosto da *companhia dela. Ela me ajuda a desacelerar. Ver o mundo por seus olhos me dá outra perspectiva da vida. Ela tem uma visão estética do mundo. Eu não vejo as coisas assim. Há tantas lutas ainda por vencer, que não dá para relaxar.*

Quando Carla chegou ao restaurante, Esther já estava lá. Continuava exuberante como sempre. A pele acobreada e os olhos verdes, naquela personalidade de impacto, eram quase um desaforo. O copinho vazio à sua frente mostrava que bebia cachaça pura, e arrematava com uma cerveja artesanal. Esther se levantou e as duas se abraçaram longamente. Sentaram-se. Carla pediu uma taça de espumante, a amiga, outra cachaça:

— Estava com saudade da cachaça.

— Eu nunca tolerei. No máximo, numa caipirinha.

Esther não era de ficar buscando o momento certo para dizer o que pensava. Era franca e direta.

— Carla, o que há com você? Sinto você diferente, desanimada.

Carla contou do cancelamento contra ela no Twitter, e de como se sentia, ao se ver odiada:

— Estou chocada, assustada com a quantidade de ódio a nossa volta. Pessoas de má índole, parecem possuídas. Eu me sinto abusada pela surra de impropérios que levei... e continuo a levar. Foi como se me chicoteassem mesmo, sabe? Me fez ver até que ponto estamos afundados nesse pântano. Viramos destrutivos.

— Este é o novo mundo — reagiu Esther. — O anonimato anima os covardes a atacar. Fazem virtualmente o que são incapazes de fazer na vida real. É preciso reagir.

Carla insistiu que foi tudo muito real, sentiu o sopro do ódio na nuca. Para ela, reagir só realimentaria a agressividade. Perguntou se a amiga soube o que havia acontecido com Raquel, colega da universidade. Ela respondeu que há muito tempo não se falavam, nem tinha notícias. Carla contou então que Raquel estava se divorciando do marido, Luciano, e que a última briga dos dois tinha acabado na polícia. Ela ficou exasperada com a incapacidade do marido em reconhecer os erros graves que seu grupo político cometia. Divergiam radicalmente sobre o último ataque difamatório e de ódio contra uma jornalista muito conhecida. Raquel não admitiu a leniência do marido em relação aos agressores. Era muito mais que uma agressão moral, insistiu, era equivalente a um linchamento moral, calunioso, mau-caráter. A discussão esquentou, os dois se atracaram, ele estava lhe dando uma surra, ela pegou um vaso pesado e acertou sua cabeça. Os dois acabaram no hospital. Luciano, com um corte fundo na cabeça, tomou muitos pontos. Raquel teve que suturar o supercílio, deslocou o maxilar e tinha hematomas no torso, nos braços e nas pernas. A agressão acabou exigindo boletim de ocorrência na delegacia. Ela foi morar provisoriamente com a irmã e não queria mais ouvir falar no "imbecil", só o chamava assim. Outro dia, ele foi ao apartamento da ex-cunhada armado e quase matou Raquel. Só não a matou porque, no nervosismo, esqueceu de destravar a arma. O cunhado conseguiu conter Luciano e Raquel chamou a polícia. Ele teve a prisão preventiva decretada e está respondendo por tentativa de feminicídio. O país enlouqueceu, as pessoas perderam o senso, concluíram as duas, que nunca tinham visto o ambiente tão contaminado. Por sorte, havia muito mais o que conversar. A distância não reduz a amizade, mas cria brancos de informação, que as duas tinham de preencher. Eram personalidades complementares, uma explosiva e política, a outra calma e estética. Quando juntas, uma melhorava a outra. Ficaram conversando por muito tempo, depois da sobremesa e do café. Deixaram o restaurante no final da tarde, certas de que passariam a se ver com muita frequência.

Esther continua igual. Vê-la foi um alívio. Principalmente porque não mudou. Esperava a mesma e foi o que encontrei. Tão raro hoje em dia. Precisava de alguém com quem pudesse conversar de tudo. Eu sentia falta, principalmente, além da presença amiga, da opinião diferente, mas com os mesmos valores no essencial. Com ela podia discutir sem brigar, divergir sem odiar. Ela tem um olhar para o mundo tão diferente do meu. Sempre me faz ver as coisas que importam de uma outra perspectiva. Em tudo ela vê interesses, escolhas deliberadas. Já eu acredito no absurdo, no acaso. Esse confronto altera minha visão e me ajuda a responder às circunstâncias. Sobretudo, rejeitamos as mesmas coisas e temos o mesmo sonho de futuro. Ela deve ter percebido minha inquietação desde o primeiro telefonema. Assim que a conversa abriu uma brecha, perguntou o que havia comigo, por que eu estava desanimada, quando devia estar contente com seu retorno e, principalmente, por estar com o Dudu. Nunca seremos almas gêmeas, por isso mesmo somos tão necessárias uma à outra.

Carla está traumatizada com a violência no país. As pessoas finalmente perderam a vergonha de mostrar a intolerância, o machismo, o racismo, a vontade de calar quem pensa diferente. Era latente, maquiado. Agora ficou evidente. Enforcaram o "homem cordial" no Twitter. Ela não sabe como fazer arte nesse ar rarefeito. Precisa reagir, aprender a viver nesse clima transtornado. Ele não vai durar, não pode durar. Mas, enquanto durar, será preciso lidar com ele. Ela não pode se deixar abater. Eles não merecem. A sorte dela é ser uma pessoa estética, um recurso que eu não tenho. Carla me faz perceber outros matizes da realidade, aceitar melhor o inesperado e os paradoxos, alcançar um equilíbrio mais saudável. Preciso do seu olhar para moderar o ceticismo inevitável quando sempre se vê tudo pelo ângulo político. Fica tudo muito feio, muito bárbaro. O ceticismo vira cinismo, se não me cuidar.

São Paulo, Morumbi

O garoto de moletom camuflado ouviu o tiro e viu cair o garoto de moletom preto e pele preta como a sua, que pintava um muro, numa rua de ricos. Viu o sangue escorrer e, no asfalto vermelho, viu o desenho abstrato e doloroso do fim de vida. Mais um que tombava na guerra suja. O garoto de moletom camuflado reconheceu o matador, era o mesmo que o havia perseguido, tempos atrás, naquela mesma rua. Lembrou que o cara havia pulado o buraco pintado por ele no chão, com tinta preta.

O que o garoto de moletom camuflado testemunhou foi Isaura saindo da garagem de carro, ela ao volante e Caio a seu lado. Ao ver o garoto de moletom preto agachado com a lata de tinta na mão, ela parou o carro e disse para o irmão, "Olha lá ele de novo". Não era o mesmo, mas era o mesmo, um jovem preto pichador, para eles os rapazes pretos são todos iguais e não deveriam estar naquela vizinhança. Caio já saltou do carro de Glock na mão. "Vou dar um tiro na sua bunda, seu filho da puta!" O garoto de moletom preto ia se levantando para correr quando Caio atirou. A bala pegou o garoto em pleno movimento e atingiu seu pescoço, rompeu sua carótida, ele caiu já nos tremores. O sangue primeiro espirrou como no cinema, para depois formar uma rosa incerta no chão. A morte parou o trânsito e fez completo o silêncio. A flor ácida, mistura de nojo e ódio, estendeu-se até o buraco desenhado no asfalto, que parecia esperar por ela, acolhedor, como se nela estivesse a alma atormentada do menino das ruas.

Flagrei um vagabundo encapuzado pichando um muro na minha rua. Era reincidente. Alguém tinha que fazer alguma coisa para dar um basta nessa sujeira. Bagunça. Desta vez, Caio estava com a Glock. Atirou no moleque. A ideia era só assustar, no máximo mandar o desgraçado para o hospital, um aviso duro e necessário. Mas a bala atingiu o pescoço do menino. O sangue espirrou longe e ele morreu antes de chegar o socorro. Agora Caio foi preso. Não pode ser condenado por matar um desordeiro em frente à nossa casa. Foi um acidente a partir de uma reação legítima de defesa da nossa propriedade. Uma ameaça a todos nós. Meu Deus! Que tragédia! O que será de meu irmão? O que será de mim?

São Paulo, Vila Madalena

— Afonso, que horrível esse crime do Caio.

— Maria está em choque. Nunca imaginou que o tio pudesse matar alguém, ainda mais um menino de 17 anos. O golpe mais duro foi saber que a mãe estava junto.

"Ele tinha quase a minha idade", ela havia dito ao pai, chorando. "Não era do mal, era só um artista, um artista de rua. Um caso terrível, um menino que pintava nos muros da cidade não podia ser parado a tiros por isso. É desumano." Afonso disse concordar com a filha, óbvio, e acrescentou que ele sequer estava pichando, como disseram. Maria é quem tinha razão, era um *graffiti*, e mesmo se estivesse pichando, a violência não tinha cabimento. Seu medo era que ficasse indelevelmente traumatizada. Eduardo tentou acalmá-lo.

— Ela vai sofrer, mas tem uma capacidade de entendimento das coisas avançada para a idade. Vai ser duro, entender dói, mas depois ajuda a superar.

— Esse Caio é odioso. Tem que pagar pelo crime. O pior é que Isaura estava com ele — lamentou Afonso.

— Tem o risco de ser considerada cúmplice do crime. Eles fizeram o impensável e se meteram numa grande enrascada. Crime intencional, vítima indefesa, menor de idade, motivo fútil, racismo... Não tem justificativa, defesa, ou saída boa disso.

— Isaura vai enlouquecer se for para a cadeia.

— Cadeia para brancos, que podem pagar bons advogados? Muito difícil, Afonso. Vão protelar. Vão dificultar o inquérito, atrasar o julgamento, apelar da sentença, entrar com embargos, embargos dos embargos, embargos dos embargos dos embargos. Vão ficar impunes.

Isaura sempre foi preconceituosa com os pobres, racista. Com o tempo, se tornou inconsequente e insensível. Piorou ao longo da vida. Agora atravessou a fronteira para a barbárie junto com o irmão. Entrou no território em que se deixa a humanidade de fora. Não tem sequer a noção da atrocidade que cometeram. São tempos maus. Mas há limite para tudo. O que ela e Caio fizeram está fora de qualquer possibilidade de compreensão ou perdão. Eles foram além dos extremos. Saíram do espaço da compaixão. É o fim de uma sequência de escolhas, que prenunciavam o desastre. Daqui a pouco, Isaura vai pedir socorro. Numa situação dessas, o que eu poderia dizer?

Maria estava inconsolável. Não queria falar com a mãe. Chorou muito, ficou deprimida. Afonso ficou preocupado com a filha. Mas ela não conseguia falar do crime sem cair em prantos. Isaura ligou nervosíssima para Afonso, aos prantos também, muito preocupada com o que poderia lhe acontecer. Ela não parecia ter consciência plena da monstruosidade que ela e Caio haviam feito. Isaura lhe disse que foi legítima defesa. "Ele ameaçava nosso condomínio, nosso modo de vida." Era só um garoto, Afonso respondeu. Seu crime era ser diferente, porque era preto e pobre. Pela primeira vez, ele desligou o telefone antes dela.

Fiquei chocada quando soube que meu tio havia matado um garoto negro na rua em que eu morava com minha mãe. Que coisa horrível! Tipo história de terror. Minha mãe estava com ele e não tentou impedir o crime. Se quisesse, teria segu-

rado meu tio. Fiquei culpada por eles. O menino era só dois anos mais velho que eu. Tenho amigos da idade dele, negros como ele. Mamãe sempre criticou meus amigos negros. Sempre detestou minha amizade com a Jana. Morria de medo de que eu namorasse um dos primos dela, o Jalil ou o Kumi. Eu amo os dois. São inteligentes, talentosos e bonitos. Se ela soubesse que eu e o Diego estamos saindo e visse os dreads dele, dava um ataque. Como se fosse pecado ter a cor negra, um sinal de que não presta. Só que ele é muito melhor do que os garotos brancos de quem ela gosta. Eu não consigo ser amiga deles, imagina namorar. Racista ela sempre foi, mas nunca imaginei que chegasse a desejar a morte de alguém por ser negro. O garoto era grafiteiro. Artista. Do bem. Não merecia morrer. Ninguém merece. Nunca mais vou conseguir olhar minha mãe nos olhos. Quero distância. Ela já me desrespeitou muitas vezes. Mas essa foi demais. Não compreendo nem quero compreender. Algo dentro de mim se desfez sobre ela. Começou a sumir quando ela me agrediu. Agora ficou tudo vazio. Acho que perdi minha mãe para sempre. Perdemos todos. Não sei o que dizer na escola. Que vergonha! Não tem explicação. Como pode? Tio Caio sempre foi brigão, violento, mas nunca pensei nele como um matador. Não consigo vê-lo atirando num rapaz franzino, pobre, que não estava fazendo mal a ninguém. Mas atirou. Tio Caio, para mim, virou um desconhecido por quem eu sinto nojo. O menino negro perdeu a vida e a família dele perdeu tudo. Eu perdi parte da minha família. É uma parte de mim que não quero ter desse jeito. Preciso reagir. Estou chocada de verdade, não sei o que fazer. Parece um sonho ruim. Vi o

*nome dele no jornal, é José Alberto Silva. Mas eles só dizem
o nome dele dentro do texto. A chamada é sempre "Garoto
negro é morto no Morumbi".*

Afonso leu o texto no caderno da filha por acaso, porque
ela o deixou aberto sobre a mesa do quarto onde ficava
a maior parte dos livros. Sentiu orgulho e amargura. Os
sentimentos de Maria o enterneciam e preocupavam. Ela
havia preferido escrever a desabafar com ele. A insensatez de Isaura o enfurecia. A frieza assassina de Caio o indignava. Fechou o caderno e deixou-o onde estava. Não
queria que ela imaginasse que andava a vigiar o que escrevia ou fazia. Ela precisava ter certeza de que, com ele,
era livre e responsável por si mesma e por seus atos. Não
queria que pensasse que era controlador como Isaura.
Os dias passaram deixando um fio de dor e perplexidade
em volta de Maria. O afastamento entre ela e a mãe lhe
parecia agora irremediável. Mas ele sabia que esse rompimento afetivo não era simples. Preocupava-se com
os efeitos que teria sobre ela. Não bastasse tudo que já
haviam passado, agora mais esta tragédia.

Depois de muita confusão mental e muitos sentimentos contraditórios, que envolviam culpa e o medo
de enfrentar os colegas, como se fosse coautora da atrocidade, Maria chegou da escola parecendo um pouco
mais animada. Como sempre, ela digitava uma conversa
com alguém.

— Oi, filha, tudo bem?

— Ahã... — ela respondeu, concentrada no celular.

— Acho que devíamos inventar um verbo específico para esses diálogos mudos pelos celulares. Que tal "digiversar"? Eu digiverso, tu digiversas, nós digiversamos...

Sempre de cabeça baixa e com os dedos em ação no teclado, Maria até riu:

— Que horror, pai!

— O quê?

— Horror de palavra. É um probleminha da escola.

— Probleminha?

— Com a tarefa...

— Ah, esse é sempre fácil de resolver.

— Aliás, você pode me ajudar. Tenho que fazer uma redação sobre o futuro, baseada em um texto clássico, desses bem antigos, escolhido por mim.

— E qual o problema?

— Eu queria um texto que me ajudasse a falar que esse ódio todo, a rejeição a quem pensa diferente, vai atrapalhar o futuro do país. Existe algum?

— Muitos. Sêneca, por exemplo, fala da ira. *A divina comédia* tem a parte sobre o "Inferno". Acho que você pode encontrar algo lá. É um caminho diferente. Tem também as tragédias. *Antígona*, por exemplo.

— Será, pai? *A divina comédia* é tipo assim um livro dinossáurico, não é não? Enorme.

— Clássico é clássico, Maria. Imortal. Você já pensou quanto conhecimento tem no fóssil de um dinossauro? Acho até bom você ler um pouco da *Divina comédia*, de repente descobre o que ela tem de atual.

— Tá bom, vou tentar. Se não conseguir, vou ler essa *Antígona* aí. Mas a ideia de inferno me atrai. Tem a ver...

Ler A divina comédia, *mesmo traduzido para o português, é estranho. Bem complicado. O português é enrolado, tem palavras que nunca vi antes e a ordem das palavras na frase é muito diferente, meio confusa. É para poder rimar, acho, mas fica meio difícil de entender. Meu pai, todo intelectual, tem o livro em italiano. Acho que nunca vou ser como ele. Comecei a ler o "Inferno". Do que estou conseguindo entender, tem muito do que estamos vivendo.*

— Pai, li o Canto X...

— Lindo, não é?

— Achei estranho.

— Bem, foi escrito setecentos anos atrás, e é um poema...

— Nossa! Supervelho! Então... é complicado.

— Mas encontrou nele alguma parte útil para o seu texto?

— Acho que encontrei, mas estou insegura. Diz assim: "toda morta nossa mente será desde o momento em que se feche do futuro a porta".

— Qual a dúvida?

Maria falou do que pensava para o texto.

—Eu queria dizer, usando este verso, que tudo o que anda acontecendo atrapalha nosso futuro. E sem futuro, não temos esperança.

— Pode dizer isso sim. É bom desenvolver um pouco mais a partir daí, dar alguns exemplos do que você acha que prejudica ou ameaça nosso futuro. Dá mais força para sua interpretação.

— Tem outras melhores?

Afonso explicou que A *divina comédia* tem um enredo complexo, com muita mitologia. "É uma jornada pela escuridão até encontrar a luz e Deus", disse. Sempre há diferentes pontos de vista. A perspectiva da qual se lê altera a maneira como cada um entende o texto. Cada leitura leva a uma compreensão diferente. Este é um dos encantos da literatura. Estava encantado com a experiência de viverem juntos, no exato momento em que a filha vivia tantas transformações. Sabia que era às custas da separação entre ela e a mãe, mas era diferente, ele e Maria, a sós, todos os dias, sem cortes. Ela ficava mais interessante a cada dia, e os dois iam tateando a novidade. Às vezes, a menina era desconcertante. Outras, fascinante. Já a filha descobria ângulos desconhecidos do pai. E ambos sabiam que seria muito difícil ela voltar a viver com a mãe. No momento, era impossível.

Foram interrompidos pelo celular de Afonso.

— Ih, querida, vou ter que atender, é a Khatia.

Ela deu um beijo nele e enfiou-se no quarto, não queria saber dessa conversa.

— Oi, Khatia...

— Oi, Afonso, estou ligando por causa da Isaura.

— Aconteceu alguma coisa?

— Não, era só o que faltava, ela já tem problemas demais, coitada.

— Então o que é?

— Ela está supermagoada com você. Diz que não recebeu nem uma palavra de solidariedade, ao contrário, só recriminações. Ela é mãe da sua filha, afinal, e o Caio, o único tio que Maria tem.

— Mas, Khatia, eu não tenho como ser solidário com eles. O que Caio fez é imperdoável, e Isaura não o impediu. Conhecendo-a como conheço, imagino que deva ter encorajado o irmão, isso sim, ainda que para se arrepender no momento seguinte. Só que foi tarde demais.

— Afonso, não acredito que você vai ficar do lado de um pichador contra a mãe e o tio da sua filha.

— Não é questão de lado, Khatia. Tem o lado que é certo e tem o que é errado. O menino está morto. Um inocente. Ele foi assassinado. É uma questão de justiça e de limite moral. O que eles fizeram não tem perdão.

— Afonso, é a pessoa que você amou, mãe da sua filha! É o seu amigo, tio da sua filha...

— Desculpe, mas nada disso faz diferença. E, pra falar a verdade, nunca fui amigo do Caio, nunca fui com a cara dele. Ele gosta de tudo que eu não gosto e imagino que a recíproca seja verdadeira. Nos toleramos enquanto a convivência era obrigatória. Se Isaura tivesse pensado na nossa filha, teria dissuadido o irmão de cometer um desatino desses. O racismo foi mais forte.

— Você não tem jeito. O esquerdismo virou você contra a família e os amigos. Nunca entendi por que Isaura se casou com um tipo como você.

— Não é esquerdismo, Khatia, é sentimento moral. Aliás, na igreja de vocês matar não é pecado? A bíblia não diz "não matarás"? Ou vocês excluíram o quinto mandamento? Eu não tenho religião, mas, para mim, matar, matar deliberadamente, é muito errado, é crime. Chama-se homicídio doloso, e homicídio doloso de um negro é crime duplamente, homicídio e racismo. Tudo tem limite, meus princípios me impedem de ser solidário com esta brutalidade. Minha solidariedade, Khatia, está com a família e os amigos da vítima, que tem nome, José Alberto Silva.

— Fodam-se você e sua ética comunista, Afonso.

Khatia desligou. Ele ficou olhando o celular. Pensou, perplexo, que eles não paravam de surpreendê-lo, sempre para pior. Ficou ainda mais preocupado com a relação entre Isaura e Maria. O sofrimento da filha seria inevitável e perene. Uma tragédia dessas é um marco na vida de qualquer adolescente. Isaura jamais entenderia completamente o que fez.

Frequentemente me pergunto por que fiz a loucura de me casar com Isaura. A única resposta é que tudo mudou de lá para cá. Éramos jovens, ela vivia uma fase de rebeldia, de contestação da autoridade paterna. Era linda. Aliás, ainda é. Nos encontramos em uma festa muito louca. Ela havia fumado maconha pela primeira vez e, junto com a bebida, derrubou todas as suas barreiras. Eu havia bebido e fumado muito também. Fomos para minha casa e, quando o sol já ameaçava nascer, fizemos sexo. Acordamos apaixonados e começamos um namoro. Dois meses depois, ela estava grávida. Ficou em pânico. O pai ia matá-la se soubesse, me disse. Eu me sentia responsável pela gravidez e não estava preparado para ser pai. Ela disse logo que nem pensava em abortar, seria ainda pior que contar ao pai que estava grávida. Acabei dizendo que se casássemos sem contar da gravidez, não teríamos este problema. Ela duvidava que o pai aceitasse um casamento desses. Mas era o único caminho possível. Teria que convencer a mãe e ela tentaria fazer o general aceitar a ideia. Foi quando eu soube que o pai dela era militar. Senti uma comichão por todo o corpo. Não podia dar certo. Família de militares... A mãe não se atrevia a enfrentar o marido, mas deve ter suspeitado de algo e decidiu tentar convencê-lo a aceitar o casamento.

Fiz o pedido formalmente, o general me ouviu com a cara amarrada e respondeu que não era o que havia sonhado para a filha. Eu tinha certeza disso. Por ele, Isaura se casaria com um jovem oficial do exército. O irmão dela, Caio, havia feito o colégio militar, mas não seguiu a carreira, para desgosto do pai. Preferiu se formar em engenharia e trabalhar na construção civil. Na época, estava ainda na faculdade. O general só aceitou, foi o que me disse, porque a filha estava indo para um caminho muito perigoso, tomada por uma rebeldia fora de lugar, inadequada para toda mulher, esperava que o casamento desse um basta nisso. Mas ele estava tão contrariado que o casamento foi para poucos convidados, quase todos da família. Eu só convidei Dudu, Paulo e Rita. Viemos morar no meu apartamento. O pai não gostou da notícia da gravidez, percebeu que era anterior ao casamento. A mãe de Isaura não esperava a hora de ter um neto. Eles tinham certeza de que seria homem. Nasceu menina. Mais uma frustração para o general. A mãe de Isaura, dona Helena, morreu meses depois, de um câncer muito agressivo e incurável. O general se foi logo depois, completamente infeliz e só, quando Maria tinha um ano. Àquela altura, eu e Isaura já sabíamos que nada tínhamos em comum, além de nossa filha. Mas ela ficou sem prumo com a perda do pai, passou a se apoiar em mim. Não tive coragem de encerrar a relação. Isaura se tornou dependente de mim, e brigávamos porque ela queria que eu dissesse o que devia fazer, a cada momento. Queria ordens, e eu não era capaz de mandar em ninguém. No terceiro ano de casamento, ela se envolveu com os evangélicos. Nossa incompatibilidade explodiu como um cogumelo atômico.

Pedimos a Paulo para fazer o divórcio, combinamos a guarda compartilhada de Maria, Isaura se mudou para o apartamento em que os pais haviam morado. Caio estava no mesmo prédio, um andar abaixo. Eu e ela nunca mais nos entendemos, nem à distância.

São Paulo, Jardins

Alguns dias após o almoço do reencontro, as duas amigas tornaram a se juntar para um drinque no final da tarde. Bebericaram mojitos e falaram das agressões frequentes a mulheres e de feminicídios. Esther disse que nada daquilo era novidade, Carla achava que estava aumentando porque os homens tinham mais problemas sexuais e haviam ficado mais narcisistas.

— A Renata me contou que se separou do marido no mês passado. Não suportava mais a raiva no olhar dele toda vez que discutiam. E o idiota ainda teve um problema no trabalho porque assediou uma secretária.

— Quem é Renata?

— Uma amiga nova. Bem recente. Não é do seu tempo.

— E onde ela mora?

— Em Recife.

— E como vocês se encontraram?

— Ai, Esther, que interrogatório! Está com ciúme?

— Não, só curiosa.

— Renata e o marido discutiam porque ele era machista. O auge foi quando ela disse que o planeta já estava cheio demais e, por isso, não queria ter filhos.

— Bom, ter filhos ou não é uma escolha que divide muito. O patriarcalismo acha que ter filhos é um objetivo central na vida das mulheres, mas cresce o número de mulheres que preferem não ter filhos, ou adiar a gravidez ao máximo, para lutar por uma carreira.

— Ela disse que a raiva do marido foi crescendo, e que ele gritava demais. Um dia, chegou em casa com uma arma. Ela ficou com medo e decidiu abandoná-lo antes de tomar um tiro.

— Fez muito bem. Ainda mais se o cara era tão senhor de engenho.

— Ele é engenheiro, tem uma empresa de construção.

— Na mentalidade, é senhor de engenho.

— Quer ver uma foto da Renata?

Carla mostrou a foto no celular.

— Deve ter sangue holandês, em Pernambuco, com essa pele e esses olhos claros... Qual o nome dela?

— Ela assina Renata Maiakovski, mas...

— Caramba, Carla, onde você encontrou essa Maiakovski?

— No Instagram. Nos falamos sempre pelo Whats-App.

— Você está de sacanagem comigo, né? Tá na cara que essa mulher é fake. Ninguém se chama Maiakovski.

Esther deu uma gargalhada.

— Já ia acrescentar que este é um nome fantasia, para manter a privacidade e se proteger do marido, e você me cortou. Seu nome real de família é Wanderley.

Carla então contou que a mulher do pai de Renata lhe disse que se separar do marido porque ele era machista e ela dizer que não queria ter filhos era coisa de comunista e ateu. Renata retrucou dizendo que não achava nada demais alguém ser comunista e ateu. Pernambuco sempre teve muito comunista. A madrasta disse que iam acabar com todos eles e insistiu com Renata que a mulher deveria seguir a vontade do homem. Citou o apóstolo Paulo, e disse que achava sua justificativa uma besteira, porque tinha lugar de sobra no planeta, no Brasil, principalmente, para muito mais gente. Esther era de opinião que tudo tinha virado uma geleia de fakes e tolices:

— Essas posições sem nexo são a versão contemporânea da ideologia, rasas e de lógica precária. Os partidários dessas maluquices fazem associações espúrias o tempo todo. Criam um oásis imaginário no passado, o endereço da virtude perdida, mas eles são tudo, menos virtuosos.

Esther perguntou se ela e a tal Renata já haviam se encontrado fisicamente. Carla respondeu que conversavam por vídeo e Renata a convidou para ir ao carnaval em Olinda.

— Ela é mesmo essa aí da foto, não está publicada no Insta. Ela me mandou pelo WhatsApp. Não é fake, ela existe.

— Só você mesmo, Carla, para ter uma amiga fake virtual e ainda contar histórias dela como se fossem verdadeiras e ela morasse na esquina.

— Esther, não sou idiota, às vezes você parece tão atrasada.

— Atrasada, não. Consciente. Para mim, as redes sociais são todas manipuladas, estão nas mãos de grandes corporações, como o Facebook e o Twitter, que só pensam no faturamento, e de Estados vigilantes como o chinês, o russo e o iraniano, que só pensam em vigiar e punir.

Carla achava que havia algum exagero nisso, nem tudo era manipulado, parte era teoria conspiratória. A amiga concordou que tinha muita teoria conspiratória sobre as redes. Mas insistiu que elas eram muito manipuladas. Carla concordou, mas disse não acreditar que as manipulações tivessem um propósito unificador. Eram mais consequência de um ecossistema em formação. Esther aceitou o argumento, mas insistiu que não se podia confiar demais:

— Não dá para confiar, nem para largar de mão. Há muita ação de interdição organizada, paga, ataques em massa para desacreditar, difamar e destruir reputações.

Então ela mudou de assunto e perguntou do Eduardo. Carla explicou que ele andava angustiado desde que havia rompido com Paulo. Andava meio desfocado. A amiga entendeu. Todos acabavam afetados pelo ambiente inflamado. Esther então quis saber se Eduardo e Afonso continuavam muito amigos.

— Inseparáveis.

— E o Afonso continua aquele cara interessante? E solteiro?

— Não acredito que depois desses anos todos você continua tendo um *crush* no Afonso.

Esther conhecia os dois amigos há mais tempo que Carla. Fora apresentada a Afonso em um congresso sobre literatura e política na Unicamp, quando ele era solteiro, e ficaram algumas vezes. Foi por intermédio dele que conheceu Eduardo. Quando ela voltou para a Europa a fim de estudar, eles se perderam de vista. Na volta, ela soube que estava casado com Isaura, e estranhou muito. Eles não tinham afinidades, viviam em mundos opostos. Tinha perdido o senso, ou então havia mudado demais, o que a fez se desinteressar imediatamente. Alguns casamentos, fadados ao fracasso, nunca se explicam. Quando soube que haviam se separado, imaginou que Afonso houvesse finalmente se dado conta do erro. As amigas pediram outra rodada de mojitos. O rum cubano ajudava a afogar a perplexidade e tinha um sabor ligeiro de vingança contra os que viam ameaça comunista até na bebida. Carla lhe disse que queria muito que eles se encontrassem. Afonso também estava sozinho há muito tempo. Era hora de a amiga amar e se deixar amar.

— Não estamos em tempo de amar — ela respondeu. — É um tempo cinza, tempestuoso.

— Ao contrário, é a hora certa para amar, Esther, para esquentar sua vida pessoal. É o único jeito de resistir. O tempo está cinza e o cinza precisa de cor.

A amiga respondeu que resistência era luta, confronto, não encontros românticos. Mas Carla, sempre que encontrou espaço na conversa, voltou a encorajá-la a se aproximar de Afonso. A noite chegou na Vila Madalena e o bar começou a encher. Em um par de horas estaria repleto dos jovens que animavam o bairro. As amigas pediram mais uma rodada de mojitos, a saideira.

Enquanto caminhavam pelas ruas dos Jardins, um parque de alvenaria quase sem jardim algum, Carla parou diante de um muro desenhado com um jovem de moletom camuflado e capuz sobre a cabeça pintando um buraco. Ficou contemplando a pintura por muito tempo. Esther, acostumada com os momentos de contemplação da amiga, esperou. Havia visto muito desta arte pelos muros da Europa também. Percebia o parentesco entre *graffitis*, essa arte tipicamente urbana, em diferentes cidades do mundo. O *graffiti* sempre falava do seu lugar e, ao mesmo tempo, era uma expressão da cultura global. Depois voltou-se para o comportamento das pessoas que passavam. Chamou sua atenção o fato de que os passantes, ao verem as duas diante do *graffiti*, prestavam mais atenção a ele. Carla disse a Esther que o grafiteiro tinha muito talento.

São Paulo, Jardins

Eduardo sentiu certa aflição na voz da irmã, quando ela telefonou chamando-o para jantar em sua casa. Queria mesmo vê-la, e amava a irmã por escolha. Aquela noite, a conversa correu solta por um bom tempo; ela contou o que andava a fazer, ele falou de Carla. Até que se fez uma pausa incômoda, e Eduardo sentiu que ela tinha algo a lhe dizer.

— Paulo vai defender Caio e Isaura...

— Claro que vai. Ele deve achar que Caio agiu certo.

— Não seja tão duro com nosso irmão, Dudu. Todos têm direito de defesa.

— O direito de defesa é inegável, querida, mas não se trata disso. Paulo não vai defendê-lo porque ele tem direitos. Vai fazer isso por ter a convicção de que ele não agiu por mal e não merece ser condenado pelo que consideram um ato legítimo. Vai defendê-lo porque está do lado dele, por afinidade no preconceito, por não ver no crime hediondo nada além de um excesso.

— Vocês nunca mais vão se entender?

— Nunca nos entendemos, Rita. Apenas não tínhamos nos dado conta disso antes. Hoje sou capaz de ver que nossas diferenças são muito anteriores ao que está acontecendo agora. Vivemos vidas paralelas, e, como você sabe, paralelas nunca se encontram.

— Eu sei, mas nunca ouvi dizer que se negam.

Ele riu da inteligência da irmã.

São Paulo, Morumbi

Decidi defender Caio e Isaura porque acho que a justiça anda contaminada por uma compaixão inaceitável com os bandidos. Eles passaram a ter direitos demais. Acredito numa justiça implacável contra criminosos. Mesmo se forem pobres. Sei que Eduardo acha que aceitei a causa porque faria a mesma coisa no lugar de Caio. Como sempre, ele está errado. Eu não atiraria num moleque como aquele, mas faria o necessário para que saísse da rua e, se possível, fosse para a cadeia, por cometer crime contra a propriedade. Caio agiu mal, de forma impensada, preso de forte indignação. Devia ter dado apenas uma boa surra no vagabundo. Mas é difícil raciocinar estrategicamente quando se está sob forte emoção.

Um pichador negro, numa rua de pessoas de alta renda, era uma ameaça óbvia. Além do mais, o próprio vandalismo, a destruição da propriedade privada, já configura uma agressão. Caio apenas se antecipou a um assalto, uma invasão de domicílio. Foi um ato de legítima defesa preventiva. As ruas não estão seguras para as pessoas de bem. A segurança pública está aos frangalhos, assaltada, de um lado, pela corrupção, e, de outro, pela defesa exagerada dos supostos direitos humanos dos bandidos, que paralisa a repressão policial. Menores delinquentes furtam e roubam pessoas, são levados à delegacia e acabam soltos. Impunes, escalam no crime e terminam homicidas. Temos que virar esse jogo. Todo cidadão tem o direito de se armar e de se defender contra bandidos acobertados pela ideologia dos direitos humanos. Vou defender os dois porque acredito no direito deles de agir preventivamente. Acuso o morto por destruição de propriedade privada. Era só o que faltava, o cidadão não poder defender seu local de moradia, sua vizinhança, sua paz, de vândalos, assaltantes, drogados e vagabundos. É um desejo legítimo, executado com algum exagero, por causa da emoção indignada, da extrema ansiedade de ver seu espaço invadido por um vagabundo. Uma ação privada de defesa prévia, diante da inépcia da ação policial, da omissão do poder público. Simples assim. As ruas estão em guerra. É matar ou morrer. Mas o meu irmão e seus amigos jamais entenderão. Eles são a favor da baderna, da orgia, do desregramento. Só há um lado certo. O deles acabaria destruindo a família, a propriedade, a pátria.

São Paulo, Centro

Dayane levantava cedo todo dia, espantava a desilusão com duas xícaras de café forte, tirava de algum lugar da alma a dose necessária de esperança e saía para a escola. Desde que se entendia, quis ser professora. Foi uma dura caminhada até a faculdade e passar no concurso para a escola pública. Apesar de todo o sofrimento, nunca pensou em deixar de ensinar. Sabia que não seria fácil. Negra, da periferia, filha de pais sem educação formal, não seria valorizada nem remunerada o suficiente. Se quisesse livros para estudar, teria que ir a bibliotecas, ou comprá-los com muita dificuldade. Educar em escola pública é uma escolha com muitas consequências. Os jovens tinham feridas internas profundas e muitos sonhos desfeitos. Mais que ensinar, precisava ajudá-los a sonhar outra vez. Mesmo sabendo que seria impossível resgatar a todos do pesadelo real que viviam, ela fazia o máximo para salvar tantos quanto conseguisse, tirando-os de uma vida predeterminada à tragédia.

Tinha que usar toda a sua calma e experiência para evitar que os conflitos na sala de aula se tornassem violentos. Aprendeu a desfazer confrontos que podiam facilmente terminar em violência, inclusive contra ela. Se não conseguisse, perderia de vez o controle da classe. Se os reprimisse, perderia o respeito, o último recurso nos momentos de tensão. Os alunos não eram culpados pela alta voltagem que carregavam, uma energia prestes a explodir. Dayane sabia que todos ali eram vítimas de suas circunstâncias e da sociedade. Assim, enfrentava diariamente aquele amálgama complexo e intratável de sentimentos, frustrações, revolta e medo. Era algo grande demais para ser contido no espaço limitado de uma sala de aula — comunidades conflagradas, ausências, necessidades nunca atendidas, a tentação dos caminhos fáceis e fatais no vértice entre a infância interrompida, a adolescência encurtada e a vida adulta precocemente iniciada. Nada disso a desencorajava. Sabia que seu papel era pequeno demais, mas insistia em fazer alguma diferença.

É gratificante poder contribuir um pouco para que os jovens tenham uma chance contra as forças que os empurram na direção do desastre. O interno espelha o externo, e não é possível isolar a escola da vida. Mas acredito muito que a escola pode mudar as crianças, pode ensinar jeitos melhores de viver. Ela é refúgio e oportunidade. Nada há de simples em servir de abrigo e portal para outro percurso. A escola, nós professores somos uma parte da solução. Aqui é dos poucos lugares onde as crianças e os jovens podem encontrar não só conforto, mas também apoio. A maioria não sabe mais sonhar. Ou nunca sonhou. Para eles, a paz é uma utopia inalcançável. O futuro é uma impossibilidade muito concreta. Tento ensinar que eles podem, sim, imaginar o futuro, e buscar meios concretos de mudar de vida. Excitar a imaginação deles de modo a olharem para a frente, é isso o que eu tento fazer.

Muitas vezes, ao caminhar do metrô até a escola, via o garoto de moletom camuflado andando pelas ruas, sempre alerta. Tinha vontade de se aproximar e saber mais de sua vida. Mas ele surgia como nuvem, movia-se rápido, tocado pelo vento, e sumia antes que ela pudesse transformar desejo em ação. Os *graffiti* que ele pintava aumentavam sua curiosidade. Seus buracos tridimensionais eram muito profundos, mostravam que tinha talento, intuição estética, ironia, visão crítica do mundo.

Naquela manhã, Dayane mal havia começado a aula e dois grupos de alunos começaram a se agredir. Nas mochilas, ela sabia, podiam ter facas ou até pistolas, e portanto o perigo era real e iminente. Quando sentiu que estavam quase no ponto de se agredir fisicamente, ela se interpôs entre as duas alas. Não levantou a voz, nem baixou o olhar. Encarou-os e propôs que resolvessem as diferenças debatendo, não brigando. Duas alunas, uma de cada grupo, postaram-se a seu lado, protetoras. Entre gritos e empurrões, a coragem teimosa e o tom calmo da voz da professora foram desativando a bomba de violência. Finalmente, todos se sentaram. Dayane pediu a uma das meninas para explicar o que se passava com o grupo ao qual não pertencia. Demorou a fazê-la entender que não pedia que criticasse os outros, mas que explicasse o que pensavam. Todos se acalmaram um pouco. A outra menina devia explicar o grupo da primeira, sem comentários. Mas a desavença não tinha conserto fácil. Reconhecendo a inutilidade do esforço de conciliação, Dayane contentou-se com a pacificação provisória das emoções e retomou a aula. Foi aí que começaram os tiros.

Todos sabiam o que fazer nessas horas: deitar no chão e esperar. Era para ficarem quietos, até passar. Ela disse que saberiam como se proteger melhor do que ela.

— Esses tiros não são da rua — alertou Biu, um aluno rebelde e agressivo, que já passara por tudo na vida.

Dayane demorou até entender:

— Você acha que a escola está sendo atacada?

— Acho não, tenho certeza. Tem alguém dando tiro aqui dentro.

Dayane levantou correndo e foi trancar a porta, mas antes ela se abriu. Um homem jovem empurrou a professora para trás. Empunhava uma pistola 9mm e estava pronto para atirar. Foi tudo muito rápido, mas ela partiu para cima do atacante e se atracou com ele, segurando firmemente a mão em que estava a arma. O rapaz lhe deu um soco, fazendo-a quase perder o equilíbrio, mas ela não largou seu punho. Biu deu um pulo e foi ajudá-la. O agressor empurrou-a com mais força e, se desvencilhando da professora, correu para fora da sala. Dayane tentou segurar Biu, para que não fosse atrás do outro, mas não conseguiu. Após verificar que seus outros alunos estavam bem, gritou para que ficassem ali como estavam e voou para o corredor. O agressor estava morrendo, havia dado um tiro na própria cabeça ao ver a polícia chegar. Não era cena de se ver. Seu aluno gemia, sangrando. Dayane tirou a camiseta e apertou o local do sangramento. Ele a olhava com os olhos vagos, que perguntavam: "Por que aqui?". Ou era ela que se fazia essa pergunta? Gritou por uma ambulância e, após alguns minutos, bombeiros vieram com a maca e levaram Biu para o hospital. Dayane voltou para a sala e guiou os alunos, entre assustados e revoltados, para fora do prédio. Lá encontraram gritos, choro, corre-corre, sirenes. A vida havia mudado para sempre para todos ali. E para pior. Só então Dayane perdeu o controle e caiu num choro convulsivo. O lugar feito para servir de santuário se transformara num inferno.

São Paulo, Centro

O garoto de moletom camuflado ouviu os tiros na rua próxima de onde estava. Imaginou que podiam vir da escola onde trabalhava a professora que sempre olhava muito para ele quando se cruzavam na rua. Quis ver se ela estava bem, mas não se atreveu a chegar perto. Além de socorristas e jornalistas, havia muitos policiais por lá. A polícia não gostava de gente como ele, e os nervos só podiam estar à flor da pele. Com certeza sairiam pelos arredores da escola atrás de outros possíveis atiradores, fazendo de todos como ele suspeitos. O garoto de moletom preferiu então se afastar, mesmo apreensivo. Voltaria para saber dela depois da varredura. Sumiu desgostoso nas sombras do centro profundo, antes que o encontrassem, e foi para casa ver o noticiário na televisão. Ficou sabendo que a professora se chamava Dayane Alves e havia escapado. Com um inchaço no rosto, ela não havia querido falar com a reportagem. Muita gente morreu: três garotos e duas garotas, mais dois professores, a de desenho, Iara, e o de educação física, Jackson. O atirador, João Vitorino, era ex-aluno da escola. Antes de invadi-la, havia matado a tiros a madrasta e o meio-irmão. A mãe havia morrido quando ainda era criança de colo, por falta de atendimento no hospital perto da comunidade em que moravam. O pai se juntou um ano depois com uma vizinha e morreu assassinado em uma briga de bar quando o filho tinha 7 anos. A madrasta havia terminado de criar o enteado. Entrevistaram um psicólogo forense, perguntando as causas desse desejo de matar. Ele atribuiu a violência de João aos games. O garoto de moletom camuflado sabia que não podia ser por isso que ele matava. Também jogava aqueles jogos e nunca teve desejo de matar. Jogo é jogo, não é a vida. Estava feliz porque Dayane se salvou. Ficou sabendo que um aluno dela, Severino Santos, havia tentado defendê--la e estava ferido no hospital. Reconheceu-o pela foto que mostraram no vídeo. Morava no mesmo cortiço de sua casa, era o Biu.

Dayane livrou-se da imprensa, que lhe pedia repetidamente detalhes do ataque. Perguntavam qual a sensação de ser uma heroína. "Essa história não tem heróis. Também não tem bandidos. Só tem vítima." Após contar o que vira à polícia, foi para o hospital saber de Biu e dos outros lá internados, cinco alunos e duas professoras. A diretora, Lucinda, estava com os olhos inchados de tanto chorar. As duas se abraçaram. Depois ela contou a Dayane que Biu estava sendo operado; a bala podia ser retirada porque não estava em nenhum ponto vital. Dos outros alunos, apenas um estava em estado grave.

— Perdemos a Sara, a Keila e a Iara, o Tony, o Tote e o Jackson. Quanta violência, meu Deus! — lamentou a diretora, em prantos.

— Você conhecia o rapaz, Lucinda?

— Conhecia, deixou a escola quando tinha 13 anos. Era um menino difícil, soturno. Não se dava com os colegas.

— Ele sofreu bullying?

— Quem sabe? Naquela época, ainda não tínhamos esse conceito bem definido. É possível...

— Vai ser difícil para os alunos lidarem com isso, como se já não estivessem cheios de traumas.

— Estamos conseguindo ajuda psicológica. Uma ONG se ofereceu.

— Graças a Deus, vamos precisar muito.

Um mês depois, todos ainda dedicavam a maior parte do tempo a processar os momentos de terror. Embora violência e morte fossem comuns no cotidiano daqueles jovens, o que havia acontecido era diferente. As mortes haviam ocorrido na escola, que era para ser um refúgio. A escola nunca mais seria a mesma. A vida de Dayane também mudou para sempre. A angústia e o medo deixaram uma cicatriz incômoda e inamovível. Perdeu o prumo. O encontro físico com a violência, inexplicável, invadindo a escola que ela imaginava ser um abrigo para aqueles jovens quase perdidos, apagou parte de suas esperanças. A repercussão do ataque à escola também a incomodava. Viam nela um heroísmo que não tinha, queriam transformá-la em celebridade, mas seus alunos, no dia a dia, eram os verdadeiros heróis da resistência. O assassino também não era um bandido, nem havia matado por ódio, e sim por viver assombrado por fantasmas que jamais conseguira exorcizar. Na redação que os alunos fizeram sobre o episódio, parte do processo de compreensão e superação, Biu escreveu que faria 17 anos em breve e só tinha a comemorar que houvesse chegado até ali com vida. Alguém como ele, morando onde morava, morria entre os 12 e os 18 anos. Um jovem preto morre a cada 23 minutos, escreveu sem lágrimas.

São Paulo, Jardins

— Um absurdo isso que aconteceu naquela escola pública no centro da cidade. Como ela se chama?

— Professor Lobato.

— Agora estamos produzindo loucos igual os Estados Unidos.

— É a cultura da pobreza em que eles vivem, que só produz coisa ruim: bandido, traficante e assassino.

Afonso e Eduardo ouviam incomodados a conversa na mesa ao lado. Duas senhoras brancas, bem-vestidas, comentavam entre si fatos dos últimos dias.

— É tanta burrice e tanto preconceito, que eu perco a calma — disse Eduardo.

— Claro, mas com esse tipo de gente não adianta discutir. A cultura da exclusão é impermeável a qualquer argumento. Eles só ouvem os argumentos do lado deles, tudo que dizemos interpretam como desvio ideológico.

— Por isso mesmo; precisam ser confrontados. Tem que jogar a merda que fazem no ventilador deles.

— Dudu, será mesmo que podemos falar em nome da maioria sofrida? Quem somos nós? Uma tribo enquistada na Vila Madalena... Não somos do povo, nem do patriciado. Vivemos na terra do meio, e nosso espaço está ficando menor. Uma parte de nossa tribo, Dudu, só pensa em seus interesses particulares, é parte disso tudo aí.

Afonso apontou para as senhoras com o queixo.

Rio de Janeiro, Ipanema

Ele falava no celular, absorto na discussão que mantinha com alguma mulher. Andava a passos largos por toda a agência do banco, olhando casualmente as filas, como se a esperar que diminuíssem. O segurança nem prestava mais atenção nele.

— Não posso, querida, esta semana estou superocupado. Muito trabalho.

Pausa prolongada, como se escutasse uma longa argumentação da outra ponta. Enquanto andava, seus olhos passeavam pelos outros clientes.

— Mas você tem que entender minha situação. Está tudo muito difícil. Prometo que resolvo em alguns dias.

Daqui a pouco vou fazer o primeiro depósito, estou só dando um tempo para o dinheiro cair na conta.

Carolina entrou no banco sem tirar os fones do ouvido. Sacou o dinheiro de que precisava para acertar contas da produção. Avisou a gerente que gastaria uma quantia maior no cartão de débito, porque estava saindo para comprar um presente. Elas conversaram mais um pouco, e Carolina aceitou um copo de água mineral. Quando saiu do banco, ele continuava no telefone.

— Tá ótimo assim, baby, nos vemos no fim de semana. Tenho que correr, muito trabalho. Beijo.

Desligou o celular e deixou o banco, aparentemente esquecido do que tinha ido fazer lá. Alcançou Carolina alguns prédios adiante e contornou-a pela esquerda, como se fosse ultrapassá-la. Quando emparelharam, puxou sua bolsa com força. Assustada, ela a puxou de volta instintivamente e virou-se para ver quem a atacava. Reconheceu-o do banco, e sequer ouviu o tiro. Não sentiu a bala atravessar seu cérebro. Morreu antes de tocar o chão da avenida Ataulfo de Paiva, sem saber como ou por quê.

O assaltante pegou a bolsa e correu para a avenida. O parceiro dele acompanhava tudo de uma moto parada na calçada oposta. Acelerou, atravessou a avenida e diminuiu a velocidade para que ele subisse na garupa, acelerou tudo e saiu costurando os carros. Viraram na primeira à esquerda e sumiram de vista. O corpo ficou estirado no chão. A cabeça em uma grande poça de sangue. A maioria das pessoas evitava passar por ele, ou mesmo olhar. Outras o cercavam, comentando. Um médico que passava abaixou-se para confirmar se estava morta. A polícia chegou, mas não o veículo que levaria o corpo para o IML, e o trânsito naquela parte da avenida praticamente parou.

Muitos anos antes, logo que terminou a faculdade, Fernando e o pai haviam discutido sobre a obrigação moral de dar a todos o direito de defesa, sobre o direito mesmo de alguém claramente culpado ser julgado pelo devido processo legal. Seu pai dizia que não advogava na vara criminal porque seria incapaz de montar uma defesa persuasiva para alguém que soubesse culpado. A morte violenta de Carolina foi puro choque, revelou-lhe sentimentos que não suspeitava ter, e uma estranha crença na mistura entre justiça e vingança. Ele se lembrou agudamente desses diálogos e de como defendia o direito absoluto à defesa. Jamais aceitaria que alguma defesa livrasse os assassinos de Carolina da punição. Na verdade, queria a morte deles, e disse isso ao delegado que investigava o caso. Esperava intimamente que ele entendesse e os mandasse executar. Seria até capaz de fuzilá-los pessoalmente. Não teve remorso ou qualquer crise de consciência ao dizer essas coisas, mas assustou-se com o ser desconhecido que sua alma revelava. Mais ainda com a ideia de matar alguém. Sempre acreditou que a violência destrói o tecido social. Nunca foi cego para o outro. Ao contrário, vivia de reconhecer e considerar o interesse de cada um. Era por temperamento conciliador. Agora era um animal raivoso, cujas garras rasgavam a si próprio, e em vão tentava domesticar aqueles sentimentos inéditos e perigosos. Esse animal matador o aterrorizava.

Rio de Janeiro, Caju

Bernardo ligou para Afonso e Eduardo e deu a notícia do assassinato de Carolina. Os dois imediatamente decidiram ir para o Rio estar com o amigo. Embora fosse carioca de nascimento e tivesse voltado para o Rio a fim de viver com Carolina, ele não tinha muitos amigos na cidade além de Bernardo. No crematório, encontraram Fernando em estado de estupor. Não falava. Olhava sem ver. Parecia alheio ao que se passava, perdido no território difuso entre a negação e a revolta. Sem palavras, abraçou os amigos e chorou no ombro de cada um. Quando via a mulher que amava no caixão, subia-lhe uma angústia tão aguda, tão desesperada, que entrava em negação, num estado letárgico que o retirava para um mundo onde não havia dores, nem identidades. Voltando a si, contudo, era dominado por uma ira implacável, que esmagava sua alma e destroçava sua razão.

Descobriu-se incapaz do perdão. Era escravo de um demônio desenfreado, ao qual só o amor de Carolina poderia exorcizar, porque era dele que Fernando estava falto. Sabia que este sentimento o condenava a ferir--se tanto quanto iria ferir os outros. Saciar o desejo de vingança também destrói o vingador. Não há palavras pesadas demais para descrever os sentimentos que o sufocavam. O ódio não é o oposto do amor, é a sua negação absoluta. Odiar elimina qualquer empatia, não reconhece atenuantes. De tudo isto ele sabia; quantas vezes usou estes argumentos para aplacar a raiva de clientes e persuadi-los a negociar um acordo. Agora, eram apenas palavras que não serviam de nada. A natureza autodestrutiva do impulso vingador de repente havia perdido a importância.

A cerimônia foi breve. Entre os parentes e amigos de Carolina, os que Fernando conhecia melhor eram os mesmos que estavam no bar quando se encontraram pela primeira vez. A presença deles lhe dava a doída certeza da perda, ressaltava a ausência do único elo que o ligava aos demais. Saiu do cemitério amparado pelos amigos. Foram para o apartamento de Bernardo, no Leblon. Os três insistiram que ele devia voltar para São Paulo. Afonso e Eduardo argumentaram juntos que ele não tinha mais vínculo com o Rio. Bernardo apoiou, dizendo que Fernando pertencia a São Paulo. Ele balbuciava respostas que não revelavam suas reais intenções.

Ficaram com Fernando alguns dias. Não sentiram que houvesse melhorado de espírito. Ao contrário, saíram convencidos de que seu espírito nunca mais seria o mesmo. Ele se perdeu ao perder Carolina. Quando finalmente teve plena consciência de que ela se fora para sempre, um vazio definitivo ocupou seu futuro. Estava completamente desgovernado, diante do irremediável absoluto da vida. "O que se esvai no minuto, nenhuma eternidade pode devolver", escreveu Schiller em seu poema de amor para Laura. A vida de Carolina se esvaiu no minuto, na velocidade de uma bala destruindo os tecidos do cérebro. Nenhuma eternidade poderia devolvê-la. O mesmo tiro que a matou apagou a chama existencial de Fernando, deixando-o vazio de si e dos outros. "A morte é a desfazedora sombria", Schiller escreveu. Tirou a vida de Carolina e despedaçou todos os seus valores. Ele sabia que precisava construir algo em si capaz de retorná-lo à humanidade. Saber, sabia, mas não podia, pelo menos tão cedo. O vazio de seu temperamento conciliador foi ocupado por um espírito desprovido das virtudes humanas essenciais.

São Paulo, Morumbi e interior

Após seu retorno para São Paulo, Fernando não se divertia mais com a conversa de Eduardo e Afonso. Os dois amigos, preocupados com sua depressão, passaram a procurá-lo com frequência. Se dependesse dele, ficaria só, com sua dor e aquele ódio, animal fiel e perigoso. Um vórtice devorava todas as energias de Fernando e o atraía para a escuridão inevitável. Dentro dele só tinha abrigo o sentimento avesso. Um sábado, eles o convenceram a acompanhá-los em uma visita ao Velho. Ele não o via há muitos anos e gostava muito dele. Talvez o ajudasse a compreender o incompreensível. Carla e Esther, embora ansiosas por conhecê-lo, não puderam ir junto, de modo que foram só os três. Ao chegarem ao sítio, seguiram as borboletas até encontrar o Velho, sentado em um banco sob árvores e cercado de arbustos no fundo do grande jardim, bem distante da entrada. Aquela parte do sítio era quase mata fechada. Cumprimentaram-se. O Velho dirigiu-se a Fernando:

— Faz tempo que não nos vemos.

— Verdade. A última vez foi logo que você se mudou para cá. Ficou tudo muito lindo aqui. Muita calma…

Afonso contou-lhe sobre o luto do amigo. O Velho o abraçou longamente.

— Há um animal bravio em nossas almas. A cegueira do outro o faz crescer, dominar e soltar-se, sem rumo e sem controle. Tenha muito cuidado.

— Nada disso é natural — disse Eduardo, pensando em voz alta.

— Só podem ser pessoas desumanizadas, covardes, diante das quais estamos impotentes — respondeu Fernando.

— A violência é uma negação. Ela elimina a essência humana tanto de quem mata quanto de quem morre — disse o Velho.

— No meu caso, a violência matou Carolina e o que eu era.

O Velho encarou-o longamente:

— A morte pode destruir muito. Pode estraçalhar as almas. Almas estraçalhadas são perdidas de si. Quem perdeu a via certa há de seguir pela trilha mais áspera. Se atravessar o vale do desassossego sem se entregar a desvios malignos, há de reencontrar o bom caminho ao final.

Há muito eles não ouviam o Velho falar tanto. Era uma deferência à tristeza de Fernando. Os quatro ficaram um bom tempo em silêncio, olhando as borboletas. Elas volteavam, pousavam nas flores, nas folhas, e sempre que algumas sumiam pelo jardim, outras chegavam para colorir o espaço. Pareciam conversar com o Velho e, de algum modo intangível, defendiam sua fragilidade. Uma delas pousou em seus cabelos brancos, depois em sua barba, como se pertencessem ao jardim. Ele parecia um desenho psicodélico, coberto por borboletas multicores. Eduardo tentava adivinhar o que o Velho estava pensando, enquanto Afonso especulava sobre a intencionalidade do mal e Fernando pensava no desejo de matar. As borboletas, ao esvoaçar entre o olhar cerrado de Fernando e o olhar abrangente do Velho, tingiam-se de cores tristes. Não havia consolo possível, não para a dor de perder Carolina, o esforço que todos faziam para o consolar. O Velho, alheio a tudo, parecia levitar. Quem os visse, os imaginaria a orar.

Mais tarde, ao se despedirem, o Velho abraçou Fernando e, num sussurro, aconselhou-o a matar apenas o animal que crescia dentro dele.

— Que achou do Velho? — perguntou Eduardo.

— Ele está cada vez mais sábio. E tem razão em tudo que diz — respondeu Fernando. — Mas de que adianta ter razão?

A violência é sempre desarrazoada. As pessoas que recorrem a ela não conseguem enxergar além de si mesmas, rejeitam e temem os outros sem sequer reconhecê-los. O Velho estava com a razão, eu sei. Não há saída ou reparação para minha dor, a não ser seguir todo o seu percurso. Não me consola saber que os criminosos foram legalmente punidos. É um conforto social. Não consigo superar o desejo de fazer justiça por minha conta. É este o impulso que preciso combater. Foi este o sentido de seu conselho. Eu posso matar o matador, mas não posso reparar o dano. Retornar violência com violência multiplica a violência. Mas em que me socorre a sabedoria?

Há momentos em que as boas razões de nada servem diante do anoitecer do ânimo. Não há solução para a morte irrevogável, nem conforto para a perda absoluta, ou recurso para reparar a anulação da consciência.

São Paulo, Jardins

Rita queria encontrar-se com Eduardo. Marcaram de almoçar na casa dela. Era segunda-feira, dia de recomeçar a rotina, mas ele não tinha rotinas. Improvisava o curso de cada dia. Encontrar a irmã no início da semana era uma forma de preencher parte do dia. Nunca se encontravam em intervalos preestabelecidos. Ao chegar, ele percebeu que Rita estava constrangida, rodeando um assunto desagradável. Quando tomavam o café moído e coado na hora, ele perguntou o que era.

— Você sabe que Paulo sofre com o afastamento de vocês, não sabe?

— Não, Rita, ele é um insensível e me odeia faz tempo.

— Não odeia, Dudu. Sente falta da relação que vocês tinham. Anda deprimido. Ele esteve aqui, conversamos muito e perguntou por você.

— Nunca tivemos uma relação. O que houve entre nós foi uma sequência interminável de confrontos. Se perguntou por mim é por algum interesse mórbido, ou para agradar você. Ele não está deprimido porque não nos falamos mais. Está em depressão porque vive uma vida infeliz, paranoica, com aquela valquíria descontrolada. Não adianta, Rita. Nunca mais vou me relacionar com ele.

Ela se convenceu, com um aperto no coração, de que os irmãos eram irreconciliáveis. Sabia que os dois sofriam com o conflito, mas nenhum deles estava disposto a encontrar um ponto comum para tentar o entendimento. E não havia quem pudesse induzi-los a mudar de atitude. Certamente ela não era capaz, e Afonso, a quem Eduardo mais ouvia, era muito claramente seu aliado. Rita não acreditava que ele trabalhasse pela reconciliação dos irmãos. Ainda mais quando pensava nos problemas entre ele e Isaura.

São Paulo, Vila Madalena

Afonso e Esther conversavam, enquanto ele preparava algumas doses de sua versão de Southside Fizz. Eduardo e Carla arrumavam os canapés nos pratos. Fernando, taciturno, parecia alheio a todos. Quando terminou de misturar as bebidas, Afonso sentou-se ao lado dele e lhe entregou um copo. O amigo provou e elogiou o drinque. Sem real interesse, perguntou o que era.

— Gim, limão, limão siciliano e hortelã, com quase nada de xarope de menta, e água Perrier — disse Esther, ao sentar-se e puxar assunto com Fernando. Ele, porém, respondia com frases curtas, cortando a conversa. Afonso percebeu que ela começava a se aborrecer, e perguntou alguma coisa para desviar sua atenção. Esther olhou para ele com ironia. Fernando tomou generosos goles da bebida, levantou-se e disse que estava de saída. Os amigos protestaram. O propósito da reunião era justamente distraí-lo. Mas a dor que sentia era incapacitante. Ele não conseguia concentrar-se na conversa dos amigos. Tudo que conseguia fazer era sentir-se miserável e deixar-se levar pela raiva, a única força capaz de, por breves instantes, reduzir sua dor. Não era ele que estava ausente, era a ausência que ocupava todos os seus pontos vitais e o afastava do mundo.

— Tente ficar e se distrair — pediu Carla. — Um pouco de companhia vai fazer bem para você.

— Não dá, por mais que eu me esforce. Estou me sentindo vazio demais. Não estou boa companhia — ele disse e acrescentou: — Não há antidepressivo que dê jeito.

Quando Eduardo o abraçou, Fernando disse em voz baixa:

— Vou sair para nunca mais voltar. Tenho que perder a memória de mim.

— Você é quem sabe. Cada um é dono da sua dor.

Afonso e ele se abraçaram.

— Estaremos por aqui quando quiser.

Fernando deu um breve beijo na face esquerda de Esther:

— Desculpe.

Ela apertou sua mão com força:

— Entendo o sofrimento, mas não entendo a capitulação.

Ele não respondeu. Após sair, todos comentaram o estado do amigo. Sua relação com Carolina era muito mais profunda do que imaginavam. Esther achava que ele era de um romantismo anacrônico. Carla protestou, o romantismo nunca é anacrônico. Nenhum deles chegou a conhecer Carolina com intimidade, apenas o suficiente para saber que era uma personalidade forte e carismática. Alguém falou da possibilidade de que Fernando chegasse a atitudes extremas. Carla era de opinião que ele era muito equilibrado e não chegaria a este ponto. A amiga concordou. Não o via se matando. Podia vê-lo matando alguém, mas não a si próprio. Para ela, ele passava por uma metamorfose da qual sairia com outra personalidade. Nunca mais seria o mesmo. Afonso disse que o preferia transformado a transtornado. Eduardo contou aos amigos o que ele lhe dissera. Era uma forma de autonegação, ele mataria a pessoa que conheciam e se tornaria outra. Não adiantava especular sobre o que seria do amigo. Ele sabia que se precisasse deles estariam sempre disponíveis. Eles, por sua vez, sabiam que jamais encontraria ajuda por caminhos convencionais. Talvez tivesse razão e precisasse mesmo fazer algo muito radical. Para Afonso, ele sempre havia sido um sonhador.

Carla observou que pela primeira vez em muito tempo não falavam de política. Foi necessária a tristeza desesperada de um amigo para deixarem de falar das mesmas agruras de sempre.

— Tudo é política, minha cara — reagiu Esther. — A vida é política desde a nossa primeira interação social. Até em família há disputa por território, alianças, escolhas. Construímos amizades e inimizades por toda nossa existência. A morte violenta é sempre política.

— Ai, você é politizada demais.

— E você, Carla, acha que não é? Pois lamento informar que você faz política o tempo todo. Sua arte é política, só não é engajada.

— Ok, então vamos falar de assuntos que não sejam políticos, embora sendo políticos.

Eu adoraria ver Esther num relacionamento estável com Afonso. Sua rebeldia incontrolável a transformou em uma alma nômade e inquieta. Ele também é rebelde, porém mais calmo. É um intelectual, capaz de desafiá-la e ganhar seu interesse. Desde que se separou de Isaura, nunca teve um caso estável. Vive em busca de um destino que nunca encontrou. Como ela, que busca na militância o que só poderia encontrar nos outros cantos da vida. São dois espíritos desassossegados. Será que, imobilizados pelas dúvidas permanentes, terão espaço um para o outro? Nós quatro formaríamos um grupo em paz consigo mesmo se eles se encontrassem. O oásis num deserto de sal atravessado por tempestades de ódio. Sua esperança é que eles se olhavam com intensidade.

Afonso e Esther estavam mesmo cada vez mais próximos um do outro. Eduardo disse a ele que os dois tinham tudo a ver, eram o casal mais obviamente acasalável que conhecia. Não tinham o mesmo tom, mas suas cores eram complementares. O amigo respondeu com ironia que Eduardo já via o mundo pelos olhos de Carla, enxergando cores em tudo. Ele deu uma gargalhada e disse que o amigo tinha medo do que sentia. Afonso sabia do que Eduardo estava falando, e calou-se constrangido.

A adversidade torna as pessoas carentes das outras. A variedade de perspectivas de vida pode ser uma fonte permanente de estímulo, ajuda a pensar. Os quatro aumentaram a frequência dos encontros ao longo dos eventos tempestuosos dos últimos tempos, sem sequer perceber que o faziam por necessidade. Era instintivo, uma adaptação ao ambiente hostil e corrompido pelas emoções avessas. Elas se espalhavam feito emanações tóxicas brotando da terra. Na política, o extremismo atravessava todas as fronteiras. Nas religiões degeneradas os ódios eram alimentados em lugar da compaixão. Toda vez que os amigos se separavam, alguém sugeria uma razão diferente para se reencontrarem.

Daquela vez, haviam combinado de se reunir no apartamento de Esther para uma inauguração oficial. Afonso foi o primeiro a chegar. Tinha deixado Maria na casa de uma amiga do colégio que morava perto. Os dois não estranharam o atraso alongado dos amigos, pressentindo uma conspiração para que ficassem a sós. Gostavam de estar juntos, mas não estavam prontos para admitir algo além do simples prazer da companhia um do outro.

Não é hora de amar. Vivemos a aridez. Ela penetra por todas as frestas como areia fina e vai ocupando os espaços e nos secando por dentro. Não é tempo de me entregar. Mas será que podemos evitar um sentimento assim? Afonso é como eu gosto. Pessoa de ideias, de posições, inteligente, coerente. A ternura dele por Maria e o modo tranquilo como a estimula me agradam. É filho do patriarcalismo, legado que corre em suas veias e corre nas veias de todos os homens. Pelo menos dá para ver que luta contra esta formação. Em alguns momentos entraremos em confronto. Espero que ele entenda como vejo o mundo do meu lugar, e ouça o que tenho a dizer. Estamos do mesmo lado em muitos planos. Sei que ele também está atraído por mim, mas é esquivo. Talvez estejamos os dois com dúvidas semelhantes. Para que complicar as coisas, pensar em compromissos? O melhor é surfar, ver se a onda pode ir longe. Não é hora de amar, nem de ficar só. Chegará a hora em que teremos que decidir se queremos ou não um ao outro.

São Paulo, Vila Madalena

Conversavam sobre os ataques que Carla e Esther vinham recebendo. Esther era de luta, não se abalava com o fuzilamento nas redes. Afonso não tinha notícia desse tipo de ódio no tempo dos militares. Havia medo e violência, mas não se lembrava dos pais mencionarem ódio aberto entre pessoas amigas, vulgarizado como o de agora. Esther olhou para Afonso com perplexidade:

— Não se tortura sem odiar. É preciso maldade e ódio. Ele falava de outro ódio, respondeu.

— Só há um ódio — ela insistiu. — Ódio é sempre ódio.

— Pode haver ódios, no plural. Pode ser religioso, ideológico, identitário, pessoal.

— O ódio não precisa de justificativa, ele aceita as explicações mais simples.

— Como no caso do "obedecia a ordens"? — Afonso perguntou.

— É isso, ou, como agora, que se justifica por trivialidades ideológicas. Desculpas sofisticadas são desnecessárias porque eles não têm a consciência do mal — ela respondeu.

— Nem o reconhecimento do outro — ele adicionou. — O ódio precede a explicação, sim, é um sentimento recalcado, um ressentimento, que pode ser dirigido a qualquer um que seja diferente ou contrarie aquele que odeia. O ódio é uma forma de preconceito, é transitivo e pode mudar de objeto facilmente.

Carla e Eduardo finalmente chegaram. Foram logo se inteirando da conversa. Eduardo lembrou da briga das torcidas, quando Afonso e Ilana terminaram no hospital.

— Um dia de terror.

— E de cólera — completou Eduardo.

Ele então lembrou que, ao saber por Carla do ataque que sofrera na internet, ouviu uma descrição muito parecida com a do que aconteceu no estádio. Ilana havia dito que foi como o deslizamento de uma grande massa de terra caindo sobre ela, sem aviso. Ouviu o estrondo, sentiu dores e apagou. Afonso lembrou que sentiu como se estivesse sendo atacado por um vespeiro, sem ter como se defender ou para onde correr. Carla entrou na conversa para dizer que, primeiro, teve a sensação de que uma onda gigante avançava sobre ela por trás, crescendo como uma aflição, uma ansiedade sem causa. Ela sentia o sopro da onda, e teve o pressentimento de que falavam dela com muita raiva. Quando abriu o Twitter, a onda caiu sobre ela. Afonso não tinha se dado conta de como uma pancadaria física e outra virtual podiam provocar sensações parecidas nas vítimas. E se os ataques de ódio, sejam físicos ou virtuais, deixarem sequelas de gravidade equivalente, Eduardo perguntou, o físico e o virtual estão cada vez mais próximos. Ilana continuava traumatizada e ainda tinha as cicatrizes. Afonso falava de olhos fechados, como a rever o que se passara. Ele ainda tinha pesadelos, um sentimento de impotência diante daquele avanço de torcedores enraivecidos e descontrolados. Toda agressão é intolerável. Afonso lembrou-se de Luciana, a psicóloga cognitiva que tratou Ilana. Ilana lhe havia dito que a terapeuta salvou sua vida, foi tão importante quanto o neurocirurgião. Eduardo quis saber se ele tinha notícias de Ilana. Afonso respondeu que sim, que se falavam com frequência por vídeo, pois ela havia se mudado para Portugal. Disse que ela estava em reconstrução. O episódio do jogo foi só o elemento catalisador do desencanto de Ilana. Ela era prisioneira do tempo real. No mundo em desmoronamento, ela se esfacelava, mesmo sendo uma personalidade arrojada. Ao se ver aos pedaços, entrou em processo de autoficção, criou uma narrativa sobre si mesma, diferente da sua biografia. Fernando se preparava para fazer o mesmo e tentar se salvar superpondo uma nova personalidade sobre a original.

— É preciso enfrentar com firmeza essa dissolução política e moral da sociedade — disse Esther, de repente. — Ela é global. Ilana com certeza a encontrou em Portugal, como eu dei com ela em Barcelona. O ódio que nos domina hoje tem lado e tem interesses.

Afonso disse que eles não estavam em desacordo. Esther respondeu que ele generalizava demais, deixava tudo muito abstrato. Ela preferia ancorar na realidade o que se passava, no concreto da vida. Ele perguntou se ela concordava que os ataques no mundo digital eram similares aos que ocorrem na sociedade.

— A arena digital não é uma cópia da social — ela respondeu. — Tem suas singularidades. É mais camuflável. É complicado.

— É verdade — ele admitiu. — Não temos ainda os recursos necessários para entender essa nova realidade. E assim fica difícil agir para mudar.

— O ponto é que a gente devia construir esse entendimento no embate — ela insistiu. — Precisamos ser criativos, inovadores. Precisamos de tudo: música, poesia, literatura, teatro, cinema, filosofia.

— De repente é tudo tão anos 60, e no entanto estamos em outro século, vivendo outra realidade — Afonso disse.

— E a história não se repete — ela completou.

Às vezes, isolar-se do resto do mundo é mais fácil do que se imagina. Os dois se deram conta de que falavam um para o outro.

Há muito não saio com uma mulher com a qual tenho tantas afinidades. Esther me instiga. É inteligente, cheia de opiniões, brava na defesa de suas ideias, além de culta, sensual e linda. Só não tenho é espaço na minha vida para uma relação tão intensa. Será que um dia terei? Não nasci com o espírito romântico do Fernando. Ela me atrai, porém, de um jeito que arrasta minha vontade. Essa força que me atira para ela é como ela, impertinente, meio irresistível. Será...? Só sei que chegou o momento da decisão, a hora da verdade. Ou assumimos o que sentimos ou desistimos um do outro. Não é hora de amar, também não é hora de desapegar. Posso ter hesitações, e fazer tudo mais difícil. Ou enfrentamos o desafio que somos um para o outro ou abandonamos o jogo, antes que avance mais.

São Paulo, interior

As borboletas se agitaram em torno do Velho. Os cinco estavam sentados no chão ao redor dele, respeitando seu longo silêncio. O alvoroço das borboletas, por um momento, sugeriu a Afonso que ele podia estar em desassossego. Esther e Carla precisavam conhecê-lo, ouvir suas palavras, cada vez mais parecidas com as de um oráculo. Carla ficou embevecida com as bromélias e com o caleidoscópio formado pelas borboletas que pareciam mudar de cor. Nunca vira nada parecido. O que o Velho lhe contou delas a levou a um pleno surto criativo, com a cabeça girando em alta velocidade. Esther se interessou pela conversa sobre borboletas e bromélias. Afonso e Eduardo o escutavam com atenção, vez por outra faziam algum comentário ao qual ele reagia, levando a conversa por caminhos diversos. Fernando ouvia atento, calado e fechado em si mesmo.

— Estamos todos no mesmo mundo, vivendo as mesmas tormentas. Elas aparecem adaptadas a cada ambiente, mas são iguais. Estamos na franja, em pontos diferentes da franja. Depois dela só há brumas espessas. O nevoeiro não se dissipará para nos deixar ver o depois. Somos a franja do velho mundo, na iminência do desconhecido. As borboletas sabem que é preciso continuar a voar. Ninguém termina a viagem sem se transformar.

As borboletas alvoroçadas, mais que moldura, faziam uma cobertura para o Velho e seus devaneios. Ele e elas pareciam se entender, dialogar em silêncio. Ele via o que os quatro amigos não podiam ver. Estava em outro plano do tempo, olhando-os cada vez mais de fora da existência. Carla via tudo como a grande instalação de uma nova arte, ou um quadro vivo, em permanente movimento.

— Eu estou na parte poente da franja que se desfaz e se perderá na fumaça da história. Tenho passado e presente, mas não tenho futuro. Sou do inteiro, não das partes. Como agregar porções incompatíveis entre si? Na franja não há mais possibilidade de sínteses. A negação da negação dará em negação. Os substantivos estão sumindo. Quase só há verbos e adjetivos efêmeros. Tudo é fluxo. Nada é fixo. Só há saída em um novo começo.

As borboletas aumentaram em quantidade e variedade. Elas pareciam proteger o Velho de alguma força externa. Os amigos sentiram que o Velho falava como uma despedida. Saíram de lá com a sensação de que nunca mais o veriam.

São Paulo, Morumbi

— Eu sinto essa opacidade do futuro de que o Velho falou. Um mal-estar absoluto com esse mundo em que vivemos. Também não sou parte dessa franja, desse ambiente intolerável. Sinto-me de saída de uma terra inabitável.

— Fernando, você está traumatizado. Essa é uma frase praticamente suicida.

— Não, Dudu. Eu jamais tentaria me livrar dessa dor me matando. Não ouviu o que ele disse? A negação da negação agora resulta em negação. Tudo é fluxo. Ao ouvi-lo, decidi que é hora de deixar a vida que vivi para trás, de modo profundo, definitivo. Buscar algo radicalmente novo, um começo. Só vou sobreviver a esta dor vivendo uma outra vida, sem memória do que veio antes.

— O que você quer dizer com isso? Sua cabeça parece confusa demais.

— Não tem confusão nenhuma, é simples. Vou fechar o escritório, vender o apartamento e partir.

— Partir?

— É, para a França, vou passar um bom tempo nas redondezas de Saint Malo. Vou mergulhar no velho mundo, não neste que está morrendo, no que já morreu há muito tempo. Vou perseguir a trajetória de pessoas mortas e esquecidas. Um dia ouvi um historiador francês mencionar um caso meio misterioso que teria ocorrido nas vésperas da Revolução Francesa, depois se perdeu. Ninguém sabe muita coisa a respeito. Os mortos me interessam muito mais do que os vivos.

— Como assim? De que caso você está falando?

— Conheço apenas alguns fragmentos, e nem tenho certeza de serem verdadeiros. É uma história de deslocamento, luta, rebeldia, encontros e desencontros. E é exatamente por não saber detalhes, nem ter pistas mais concretas, porque é desconhecida e talvez improvável de ser desvendada, que ela me atrai. Quero perseguir o impossível pelo resto da vida.

— Você está mais maluco que o Velho.

— Não, Dudu, o Velho não é louco, é um sábio, falou para mim, resolveu minha vida. Foi ouvindo o que ele dizia que tive esta epifania. Tenho que partir e deixar-me.

Os amigos o ouviram calados, ou melhor, perplexos. Mas, de alguma forma, suas palavras os convenceram de que a dor de Fernando era irremediável. Ele perdia contato com o mundo, meio que delirava. Um amor que era pura devoção, algo que não conheciam. A perda inesperada de Carolina havia atingido um ponto frágil e crítico de sua alma. Esther pensou em contestá-lo, dizer-lhe que buscar refúgio no passado dos outros nada resolveria. Mas preferiu ficar quieta. Não entendia o mundo romântico e doloroso em que ele estava. Não tinha o grau de romantismo necessário para compreender esse tipo de amor absoluto. Essa falta fatal absoluta. Quando disse isso a Carla, ela lhe respondeu que o mundo estava mergulhado em tanta aridez, que andava desejoso de algum romantismo.

— Do romantismo dos revolucionários.

— Não só, Esther, o romantismo dos apaixonados.

Afonso entendeu Fernando dizer que exilar-se de si mesmo era o único caminho que lhe restava. Não sabia se isso era possível, mas compreendia que ele tentasse algo tão desesperado: uma negação de si mesmo.

A morte de Carolina destroçou uma parte essencial em Fernando. Ele jamais poderia ser o mesmo, nem voltar ao que era antes de conhecê-la. Só havia uma saída para ele, anular--se. Eu quase o entendo, como quase entendo o Velho. Eles me ajudam a quase me entender. Viver no limite. Tudo muito tenso. A porrada comendo dos dois lados, e você não querer nenhum deles. Andar só pela terceira margem. Palmilhar terreno novo, abrindo a trilha que permite continuar a travessia com algum sentido. Olhando para o futuro, sem olhar para trás. O passado nunca foi tão ultrapassado como nos dias de hoje. Pisamos em fragmentos de futuro, tateamos. Por isso não entendo meu irmão Paulo; em lugar de se agarrar a um desses pedaços de futuro, se enche de medo e sonha com um passado que jamais existiu e ao qual jamais poderia retornar, mesmo que tivesse existido. Ele é prisioneiro de um paradoxo. É essa mistura insuportável de medo do futuro com nostalgia de um passado inexistente que o enche de fúria e ódio. Já Fernando agora parece querer viver para sempre no entrementes, num hiato de tempo — nem passado, nem presente, nem futuro —, perseguindo o desconhecido, evitando cuidadosamente tudo que é conhecido e que faz sua dor emergir.

Fernando tinha uma fragilidade que desconhecíamos. Ele já se perdeu, e está fazendo um esforço desesperado para sobrevi-

ver. Mas a sobrevivência só lhe parece suportável deletando o seu ego e todos os arquivos de sua vida até agora. Ou se mata, ou se livra de si mesmo completamente. Uma morte da subjetividade. Não sei se vai conseguir. Talvez precise de uma forma de loucura para conseguir este distanciamento de si. Não sei tantas coisas...

Nem dele eu sabia muito, apesar de termos estudado juntos, de nossa amizade ter atravessado a juventude e continuado pela vida adulta. Até mesmo de Eduardo, companheiro inseparável de tantas paradas intensas desde a infância, não poderia dizer que sei tudo. Todos temos nossas intimidades, as mais fundas não compartilhamos. Segredos da alma. Entendo, ou acho que entendo, Fernando ter escolhido exilar-se de si e de nós todos. Houve momentos em que temi que se mataria ou cometeria a loucura não menos suicida de ir atrás dos assassinos de Carolina e fazer justiça pelas próprias mãos. Esther não tem paciência com ele, mas se compadece de sua dor, que não entende. Carla compreende seu sofrimento e aceita suas reticências. Dudu se convenceu de que seu descaminho era inevitável.

O mundo de Fernando perdeu as cores e as formas. Desfez-se. Compreendo sua dor sem limites. Ele é o último dos românticos que conheci. O mundo anda sequioso por romantismo, ele morre internamente por tê-lo. A saída que busca é romântica, quer esquecer sua perda tentando desvendar amores perdidos de um passado que não é o dele. Espero que longe daqui, em Saint Malo, sua vida recupere alguma cor, alguma forma.

O romantismo tão fora de época de Fernando me incomoda. Sou solidária com sua dor, mas não com sua escolha romântica de viver em fuga. Se ele fosse mais prático, resolveria tudo de outra maneira. Vai se render antes de lutar. Tentar uma autonegação impossível. Não tenho paciência com as pessoas vacilantes e fracas. Eu não me entrego nunca, prefiro lutar até a morte e cair lutando.

Os amigos nunca mais o veriam. Ele se desfez de tudo e partiu, sem dar notícia. Imaginaram que para a França, como disse, para mergulhar numa trama esquecida no tempo. Despediram-se do amigo quando o deixaram em frente a seu prédio e esta foi, realmente, a última despedida. Há dores que nunca se apagam. Precisou apagar as luzes de sua vida pregressa, uma a uma, e mergulhar na escuridão, na busca cega de um mundo desconhecido onde pudesse renascer.

São Paulo, Pinheiros

Maria se encontrou com Annabella na saída do antigo colégio. As duas foram andando em direção ao metrô. Gritos na esquina da faculdade que ficava a algumas quadras do colégio chamaram a atenção delas. Viram que era uma briga violenta entre estudantes da faculdade e se aproximaram. Eram cinco jovens, as mochilas e livros atirados na calçada. Um dos casais estava com um amigo e conversava animadamente em voz muito alta. Criticavam um professor que havia falado da Revolução Russa e seu papel na divisão do mundo em dois em blocos concorrentes após a Segunda Guerra Mundial, numa polarização que teria redefinido o restante do século.

— Balela, mentira ideológica — ela disse. — O que aconteceu na Rússia foi a vitória do Ocidente, que isolou os comunistas em boa hora. E eles perderam.

A confusão começou quando a garota, ao ver os dois, provocou-os, chamando-os de comunistas que adoravam aula ideológica.

— Vocês preferem bagunça e mentira a estudar a sério.

A outra garota respondeu, com a voz alterada:

— Olha a perua reacionária. É história, idiota! O que o professor narrou é fato, não é fake. Mas a perua filma o professor para denunciar. Estamos numa democracia, imbecil. Nunca ouviu falar em liberdade de cátedra? — perguntou.

Dava para perceber que a inimizade entre eles precedia aquele encontro. A primeira jovem desferiu uma fieira de palavrões, avançou para a outra e lhe deu um forte tapa no rosto. Com a agressão, a moça deu um grito de surpresa e revidou com um soco que acertou o nariz da atacante. Ao ver a namorada sangrar, o namorado puxou a adversária pelo braço e a imobilizou. Para livrá-la, seu acompanhante então deu no primeiro um forte empurrão e os dois se engalfinharam. A briga esquentou, o terceiro rapaz também entrou. Os que acusavam o casal de ser comunista eram visivelmente mais musculosos, tinham experiência de briga e estavam em maior número. Rapidamente sobrepujaram os dois e os surraram impiedosamente. Os seguranças da faculdade apareceram para apartá-los, com muita dificuldade. Sem a intervenção deles, a violência teria acabado em lesões muito mais graves. O casal que estava caído, sangrando, foi levado em um carro da faculdade para o pronto-socorro.

Maria e Annabella presenciavam a briga, chocadas e estáticas. Foram afastadas por um professor do colégio que as conhecia e interferiu, alertando sobre o perigo de se machucarem.

— O país enlouqueceu!

— É mais que loucura, Bella, é fanatismo. Você viu o absurdo que aquela mulher falava? Negava coisas que a gente aprende muito antes da faculdade. Tá tudo no Google, para qualquer um checar. Meu pai diz que a política perdeu conteúdo e caiu na corrupção ou na intolerância ideológica e religiosa. A política ficou igual à religião. Ninguém mais explica nada, é só acreditar no que dizem e pronto, o resto é mentira, fake news.

— Ai, Maria, você também leva tudo para o lado da política. Era só uma conversa maluca. Eles já deviam se odiar, para saírem brigando daquele jeito.

— Sim, dava para ver que se conheciam e se odia-vam. Mas que as pessoas estão brigando direto por causa da política e dessas maluquices, tipo a terra é plana, o astronauta não pousou na Lua, isso estão; e tudo de que eles discordam é comunismo. Ou então, do outro lado, quem diz o que eles não gostam é fascista. As pessoas estão cada vez mais violentas.

— Uma doideira. Meus pais e sua mãe passam o tempo todo falando mal do tio Dudu e do seu pai. Até parece que o tio Dudu, fofo daquele jeito, é um perigoso terrorista. Ou o seu pai.

— Já nem falo com minha mãe. Ela virou fanática, uma descontrolada. Odeio ela.

— Não fala assim! Claro que você ama a tia Isaura.

— Já amei, nunca nos demos muito bem e não amo mais. Ela sempre foi muito autoritária. Agora, é uma fanática, e eu odeio o jeito que minha mãe reage a tudo. Outro dia ela me deu um tapa na cara. Claro que fui viver com meu pai.

— Jura? Que horror! Isto minha mãe não me contou. Será que ela sabe? Agora eu entendo por que a tia Isaura andava tão nervosa. Ela vivia ligando para meus pais e eles ficavam tentando acalmar a tia.

— Depois que o tio Caio assassinou aquele menino negro, foi demais pra mim. Não volto mais para a casa dela mesmo.

— É, aí teve aquele crime. Meu Deus!

Ver aqueles rapazes e aquelas moças desatinados, ensan-guentados, com o rosto inchado, deixou Annabella apavorada. Um deles quase morreu sufocado. Foi uma barbaridade, mas não me chocou. Eu já ando preparada para essa violência. Fui vítima dela no colégio. Me xingaram, me isolaram, me em-purraram. Minha mãe me bateu na cara! Só porque eu disse que ela virou fanática. E virou mesmo. O irmão dela matou um menino inocente e ela acha que fez o certo, só exagerou na dose. Que absurdo é este? Gente, eles brigam quase até a morte para negar a importância da Revolução Russa para o século XX! E já estamos longe no século XXI. Isso foi há mais de cem anos! Parece que nunca leram um livro de história no colégio. Nada do que dizem tem lógica. Minha mãe foi do fanatismo religioso para o fanatismo político sem nem perceber a mudan-ça. Mas eu percebi. Vi como ela foi adicionando maluquices ao seu pensamento. Fica sempre tentando me fazer acreditar que estava certa e que meu pai é que estava errado, que ele era um comuno-anarquista. Fui olhar isso no Google e nem existe. Tem comunista, tem anarquista e tem anarcossindicalista. Comuno-anarquista é uma invenção dela só para ofender meu pai. Acredito mais nele. Meu pai tem uma biblioteca enorme. Lê demais. De tudo. Foi com ele que aprendi a gostar de ler. Minha mãe nem jornal lê direito. Nos últimos tempos, cada vez que pegava o jornal para ler, começava a esbravejar com o que via na primeira página e acabava largando de lado. Só se informa pelo grupo de WhatsApp e pelo Twitter. Nem penso em voltar a morar com ela. Vou ficar com meu pai, até poder morar sozinha. Não tem mais diálogo. Tudo é motivo de briga.

Não me assusto mais, brigar passou a fazer parte desse país maluco. No começo me afetou muito, fiquei até deprimida. Sinceramente, eu espero que isso passe e a gente volte a ser normal. Uma coisa eu aprendi: minha mãe está mais preocupada com as consequências para ela e tio Caio do que com o ato de matar um grafiteiro. Assim não dá para gente se entender. Admiro mulheres como a Carla, que não dão a mínima para a riqueza e se dedicam à arte e à cultura. Admiro demais a Esther, uma ativista, lutadora, corajosa, que ama a liberdade, feminista. Carla também é feminista, da maneira dela. Acho que eu também sou feminista. Parece que Esther e meu pai têm um crush, *e eles combinam. Eu queria muito que eles ficassem juntos. Não entendo minha mãe, tenho pena dela. Deve sofrer muito com essa raiva de todos que são diferentes. Qualquer um, qualquer ideia que não se enquadre no modelo superseletivo que ela tem na cabeça, minha mãe rejeita e ofende. Acho que deve estar sofrendo com a morte do menino, mas fico triste porque, para mim, é pelas razões erradas. Sofre mais por ela e tio Caio do que pela verdadeira vítima. É tudo tão pequeno, tão gratuito. Fico deprimida em pensar que minha mãe e aqueles jovens brigões pensam e agem igual.*

São Paulo, Vila Madalena

— Pai, foi horrível! Muito violento, eles iam matar os outros se os seguranças não separassem. E tudo por causa da Revolução Russa!

— A Revolução Russa, filha, foi só um pretexto para a intolerância, para tentar liquidar o outro.

Ela abraçou o pai, chorando, sentida:

— Fiquei pensando na mamãe e no tio Caio. Eles são capazes de matar. É terrível, pai!

— São tempos esquisitos, nada parece estar no lugar, as pessoas têm muito medo, e o medo é sempre mau conselheiro. Mas vai passar. O ódio cega as pessoas para a humanidade do outro.

Afonso passou a mão pelos cabelos ondulados da filha, deu um beijo em seu rosto e, em silêncio, duvidou de si mesmo: "Será mesmo que vai passar? Ou estamos novamente rumo a um longo tempo de trevas?".

— É tudo muito louco, pai. O país está sem rumo. O mundo todo está pirando.

— Grandes mudanças provocam emoções primitivas, muitas vezes violentas. Ninguém sabe como será o futuro. O medo do desconhecido tira as pessoas dos eixos.

— Muito complicado, pai. Muito doido e assustador.

São Paulo, Jardins

No dia seguinte, depois da aula, Afonso e Eduardo se encontraram para almoçar. Angustiado, ele contou ao amigo a conversa com a filha.

— Maria se deu conta de que pessoas como Isaura são capazes de matar. Para uma filha, é duro demais admitir uma coisa dessas. Não acho que Isaura fosse capaz de pegar uma arma e atirar num garoto indefeso, por mais que o odiasse pelo que ele é. Mas ela apoiou o Caio, e ele sim é capaz de tudo. Ele treinou para a violência, sempre foi tosco e truculento.

— Ora, Afonso, se ela é capaz de açular o irmão contra o outro, por que não teria coragem de pegar na arma ela mesma?

— Não sabemos o que se passou, Dudu.

— Acorda, mano, o Caio é um brutamontes teleguiado por Isaura. Sempre foi o típico idiota dominado pela irmã inteligente e manipuladora. Isaura é a responsável intelectual pelo crime.

— Não sei como será o futuro da relação de Maria com a mãe. A menina vai ficar traumatizada, por mais madura, por mais que racionalize tudo.

— Isso é inevitável. A realidade é que o tio é assassino e a mãe estava ao lado dele, podia ter impedido o crime e não impediu. Conhecendo Isaura há tanto tempo, não tenho dúvida de que ela atiçou o irmão contra o grafiteiro. Pode não ter pensado em matar, mas assumiu o risco. Ela é esquentada, extremada e preconceituosa. Maria é muito inteligente, percebe tudo. O jeito é administrar o efeito disso nela.

— É, essa tragédia, não importa em que direção evolua, já "deu ruim" para Maria, como ela mesma diria.

Os dois amigos passaram a tarde no restaurante. Mais tarde, chegaram Carla e Esther, para uns drinques. Esther saiu antes dos outros, alegando um compromisso. Mais algum tempo, Dudu e Carla foram para a casa dela. Afonso pegou um táxi. Resolveu descer a algumas quadras do seu apartamento e seguir a pé, caminhando devagar. O sopro da noite pegou-o de surpresa. De repente escureceu e baixou uma névoa, compondo o cenário perfeito para seus pensamentos sombrios. Ele se inquietava com o aumento da distância entre mãe e filha. Maria afastava-se da mãe em velocidade hipersônica, como acontecem as coisas na geração dela. Isaura andava para trás, reativa às mudanças, atemorizada por seus próprios demônios. Angustiava-se com a brecha moral que se abria entre elas. Ele e a filha seguiam os mesmos padrões morais, eram tolerantes e pacifistas, acreditavam na mesma forma de vida. Isaura tinha a moral seletiva da sociedade patriarcal, que parece resistir sempre ao avanço da história. Os Brasis se multiplicaram diversos e desiguais, enquanto o tempo acelerava. Algumas partes dele moviam-se na mesma velocidade das mudanças, outras permaneciam grudadas na origem remota. À medida que suas ligações com o presente se esgarçavam, afogavam-se na nostalgia do passado sonhado e estremeciam com o medo do futuro assombrado.

São Paulo, Morumbi

Isaura se desesperava com a possibilidade de ser presa, e com o drama vivido pelo irmão. Todos achavam que ele seria pronunciado e iria a julgamento pelo júri. Ela sentia falta da filha, mas não sabia como lidar com ela. Não saberia dizer se o que sentia era saudade ou remorso. Precisava discutir com Paulo o processo de Caio. Gostaria de ter alguém que a ajudasse a se reaproximar de Maria. Nem cogitava procurar Afonso. Não sabia o que fazer. Queria muito que o pai estivesse vivo. Ela se apoiaria nele e o general resolveria tudo. Ninguém discutiria com o general.

Não sei o caminho até minha filha. Nunca a entendi direito. Ela puxou o pai. Não tem o senso de autoridade e responsabilidade que eu aprendi a ter. Tem anarquia na alma. Faltou-lhe a convivência com o avô. Como o general me faz falta! Meu pai não deixaria nossas vidas perderem o rumo. Ele se imporia a todos e poria tudo em ordem. Para tudo na vida é preciso um código, não podemos viver ordenadamente se não temos regras claras e irrecusáveis. O general era um homem de ação, nunca o vi ter dúvidas. Ninguém ousaria descumprir suas ordens.

Talvez Afonso, mas ele o enquadraria ou o expulsaria da família. Como preciso dele agora! Maria, educada por ele, jamais me enfrentaria, nunca levantaria a voz para mim. Estou só e não sei o que fazer, não sei como agir com minha filha rebelde e magoada comigo. Mágoa por eu tentar discipliná-la, trazê-la de volta para o caminho da verdade. Ela chegou de forma tão inesperada, eu não estava preparada para tê-la. Tive que fazer um esforço enorme para saber o que fazer com aquele bebê. E, quanto mais ela cresceu e se tornou independente, mais distantes ficamos, menos eu conseguia falar com ela. É igual ao pai... Afonso foi um erro que não consigo explicar. Foi um momento único de loucura, e de confronto com meu pai. Eu e Afonso nada tínhamos em comum. Me apaixonei sem perceber e, logo em seguida, fiquei grávida. Nunca soube como lidar com ele. Era tão diferente do meu pai. Talvez tenha sido um lado meu depravado, que desejou o oposto do homem que eu mais admirava e a quem seguiria cegamente. Maria identifica-se tanto com Afonso, que sempre me deixou sem ação. Se tivesse nascido um menino, acho que teria sido mais fácil. Eu poderia ensiná-lo a seguir o avô como modelo. Ele se orgulharia do general, eu o poria no colégio militar, e talvez ele até escolhesse a carreira do avô. Seria uma grande homenagem a um grande homem. Tenho dois problemas para resolver e não tenho ideia de como proceder... No caso de Caio, pelo menos, o Paulo pode ajudar; é um excelente advogado, temos muitas afinidades. Khatia é uma felizarda por ter se casado com ele. Paulo saberá livrar meu irmão dos ataques que sofre e continuará sofrendo. Estão dizendo que é racista, querem transformar um erro lamentável em um crime hediondo. Com Maria, não tenho quem me ajude, está dominada pelo pai. Está se tornando uma esquerdista sem limites. E agora fiquei sabendo que ele está de namoro com uma mulher bem estranha... Meu Deus! Onde vamos parar?

São Paulo, Vila Madalena

Esther deixou de lado o livro que havia começado a ler na noite anterior. Algo a inquietava. Algo pessoal. Era raro deixar-se tomar por inquietações pessoais, não estava disponível para se emaranhar em questões íntimas. Mas o desassossego não a deixava, e tirava-lhe a concentração. Não conseguia ler sem que o pensamento se desprendesse da leitura. Desatenta como estava, perdia o entendimento do que tentava ler. Era uma situação inesperada demais para resistir, era mais forte do que ela.

Mulher, órfã de mãe judia desde a primeira infância e com um pai ausente, com um tipo mais palestino que judeu, passei boa parte da vida confinada em um internato. Até que resolvi cuidar da minha vida. Fui passar as férias com uma colega, usando uma autorização que eu mesma redigi e assinada com a letra de meu pai, e simplesmente não voltei para o colégio. Nunca procurei meu pai. Creio que ele também não procurou por mim. Trabalhei duro, até os dezoito, fui babá e arrumadeira. Vivi na informalidade e estudei à noite. Juntei tudo que consegui economizar, esperei uma promoção e fui para a Europa terminar os estudos. Rodei por muitas cidades de vários países, sempre trabalhando em restaurantes, até chegar a Barcelona. Lutei muito até conseguir me formar. Fui assediada e espancada pela polícia. Para mim, viver é combate. Não posso me dar ao luxo de relaxar, tenho que lutar a cada passo para avançar e fazer... ser o que desejo. Mas não posso avançar só; não seria justo, nem bom. A fragilidade de cada um é a fraqueza de todos. Eu sei o que nos dói, e sei o que me inquieta agora. Sei que faz comigo o que sempre previ. Estou ficando fraca. É um luxo que jamais me permiti. É tão mais simples só me divertir, ter prazer, sem complicações, sem compromisso. Sei que não é isso que desejo com Afonso, esse é o problema. Quero mais, quero qualidade e profundidade. Acho que ele me entende. Sabe que a única possibilidade de estar comigo é sem impor barreiras. Eu jamais aceitaria uma situação que me tirasse a liberdade de escolha. Ele parece ter interesse por mim também. Mas acho que resiste a um relacionamento, como eu. A qualquer exclusividade, ainda que voluntária. Talvez não saiba qual deve ser o próximo passo. Como começar da maneira certa. Sou difícil, reconheço. Mas a situação é insustentável, não dá mais. Ou vou em frente, ou tomo outro rumo. Não aguento mais ficar inerte, perdida em pensamentos infrutíferos. Detesto perder tempo.

São Paulo, Vila Madalena

Afonso chegou em casa, Maria estava em seu quarto com a porta fechada. Tomou um banho, sentou-se na sala e enviou-lhe uma mensagem perguntando se queria jantar. A filha respondeu que já havia comido e estava estudando. Na cozinha, ele cortou uma porção de queijos mineiros variados, da Canastra. A filha havia buscado pão fresco na padaria da esquina, que ainda estava crocante. Abriu uma meia garrafa de vinho tinto, sentou-se à mesa da sala, ligou a TV no noticiário e comeu sozinho. Surpreendeu-se com a campainha da porta. E a surpresa aumentou ao ver Esther. Ela trazia uma garrafa de vinho da Toscana:

— Achei que precisávamos nos ver.

— Que boa surpresa!

Ele respondeu com a mente ocupada em decifrar o que ela queria dizer. Esther entrou, passando rente por ele, deixando no ar um perfume premonitório.

Ela lhe entregou o vinho.

— Tenho ótimos queijos mineiros, premiados — ele disse.

Ela respondeu que já ouvira falar dos novos queijos de Minas.

— Pensei que você só gostasse dos vinhos espanhóis — ele brincou.

— Também amo os da Toscana.

Afonso pegou um copo para ela, abriu a garrafa e serviu. Brindaram.

— Não vim aqui para falar de trivialidades, Afonso. Achei que precisávamos mesmo nos ver.

— Sim, eu ouvi...

— Por quanto tempo mais vamos manter reprimida a atração que sentimos um pelo outro?

A expressão dele foi de perplexidade. Não esperava uma abordagem tão direta, embora soubesse que ela não era de rodeios. O silêncio dele, por sua vez, quase a deixou desconcertada, mas logo reagiu:

— Ou vai dizer que não se interessa por mim?

— Claro que não! Eu... Você é a mulher mais instigante que conheço. A única que acho realmente atraente, interessante, estimulante...

Rindo, ela e o interrompeu:

— Esse excesso de adjetivos é quase uma tentativa de fuga.

Esther foi até ele, passou os braços em torno de seu pescoço e, com a mão firme, puxou-o para si e beijou seus lábios. Beijaram-se tentativamente, depois ardentemente, e por fim demoradamente. Um calor inesperado e raro tomou conta de Afonso, que sentia o corpo dela pulsar. Já no quarto, onde ele passara tantas noites solitárias, entrecortadas por breves encontros sem possibilidades, ambos descarregaram sua paixão contida. Reconheceram-se, andantes, ardentes, amantes. Buscaram cada mínimo ponto um do outro, para ver o arrepio do prazer. Depois, voltaram à sala, atrás do vinho e dos queijos, que ela quis experimentar. Maria saiu do quarto, sem palavras e sem espanto. Beijou o pai, abraçou e beijou Esther, sussurrando "finalmente" nos ouvidos dela. Esther sorriu.

Maria avisou que ia dormir, pois teria que acordar muito cedo. Esther tomou o vinho como se lhe trouxesse um sabor novo, singular e inesperado, para a vida. Elogiou os queijos e ele percebeu que apreciava os mais curados, com fungos mais picantes. Ela não era, definitivamente, dos meios-tons.

Quando Esther contou a Carla o que havia feito e qual havia sido a reação de Afonso, ela ficou feliz pela amiga e, baixando a voz, cúmplice, perguntou como foi o sexo. Foi diferente, Esther confessou. Ao ouvir a resposta, deu uma gargalhada e disse que era no que dava a mistura de sexo com tesão intelectual.

São Paulo, Higienópolis

Ao entrar no restaurante, Eduardo olhou ao redor, para ver se localizava Carla, e quando o viu, desviou logo o olhar, para evitar o contato. Era Fred, amigo de Paulo desde o colegial. Mas, para chegar à mesa que lhe estava reservada, teve que passar por ele. Fred se levantou para cumprimentá-lo, apertaram-se as mãos e Fred deu um tapa amigável em seu ombro. Não havia hostilidade em sua atitude. Perguntou-lhe se esperava alguém. Eduardo explicou que sua namorada chegaria com um casal de amigos que morava em Lisboa. Pediu-lhe que sentasse um pouco com ele, pois as pessoas que esperava também estavam atrasadas. Para não ser desagradável, Eduardo aceitou. Conversaram miudezas. Fred perguntou por Paulo, Eduardo disse que não o via há muito tempo.

— Vocês continuam afastados pela política?

— É mais que política.

Fred disse que não estava tão certo assim, chamando-o de Dudu, com intimidade de amigos, e explicou:

— O ambiente ficou carregado demais, polarizado demais. A política passou a dominar as relações pessoais. No ano passado, decidi me juntar a uma ONG que cuidava de refugiados. Quando estudei nos Estados Unidos senti um pouco na própria carne o que era ser um estrangeiro indesejado. Mas não deu certo, fui praticamente expulso. Discordávamos em tudo. E eles foram se tornando violentos. Não fisicamente, mas partiram para ofensas, interdições, sabotagens. Eram todos de esquerda. Jamais confiaram que eu pudesse ser liberal e ter alguma verdadeira empatia para com refugiados perseguidos por regimes fascistas. Eles me viam como mais um fascista, só porque era liberal, ou neoliberal, como me chamavam.

— Sei bem como funcionam essas classificações, eu sou o anarquista, o antipatriota.

Fred contou que tentava argumentar com o pessoal da ONG. Perguntava se os refugiados venezuelanos eram vítimas do fascismo também, e eles respondiam que ele queria criar confusão ideológica para esconder os crimes da direita.

— No fundo é isso — disse num suspiro —, meu crime era ser de direita, um liberal. O que quer que eu dissesse merecia repúdio ou descrença.

Eduardo disse que, aos olhos de Paulo e de vários amigos, seu crime era de ser de esquerda e libertário.

— Como chegamos a esse grau de intolerância? — Fred perguntou.

— Por vários caminhos — Eduardo respondeu. — Tem muita gente que odeia viver em uma democracia, não admite conviver com a pluralidade de ideias. Essas pessoas não toleram a presença do outro, e, quando ele se faz presente de qualquer modo, o repelem ou, pior, tentam destruí-lo. Nas redes vira cancelamento.

— Mas nós dois discordamos numa boa, discutimos amigavelmente. Até encontramos alguns pontos em comum, como a defesa da liberdade individual.

— O problema não é ser esquerda ou direita — explicou Eduardo. — É ir para os extremos da intolerância. Os extremos se parecem, se odeiam e confundem todos os demais com o outro lado. Não têm mais argumentos, só emoções recobertas de ideologia rasa. As nuances não cabem no mundo deles.

— Não há nada que possamos fazer? — perguntou Fred.

— Há, mas já estamos fazendo... o que dá para fazer.

— Mas não está sendo suficiente... deve haver algo mais a fazer que não estamos conseguindo ver.

Quando viram Carla entrar no restaurante com o casal de amigos, ele e o amigo do irmão se despediram. Já em sua própria mesa, Carla lhe perguntou, surpresa, como havia conseguido se sentar com Fred e não brigar. Afonso lhe contou que Fred era vítima das mesmas agressões que ele sofria, com direções trocadas. Daí em diante, todos se esforçaram para deixar de lado a política, tema que parecia querer abafar todos os outros.

O encontro com Fred foi importante. Eu estava intoxicado pelos ataques de Paulo e sua extrema direita contra mim e contra as pessoas que amo. Passei a ver o mundo por um só ponto de vista e a rejeitar todos que tivessem outra visão, tudo que viesse da direita ou da centro-direita. Ao vê-lo no restaurante, quis fingir que não o via, evitar contato, porque a presença dele em si me aborrecia. Fiquei irritado só de encontrá-lo no mesmo lugar que eu havia escolhido para jantar com meus amigos. No fundo, desejava que só pessoas com o mesmo ponto de vista que eu estivessem naquele restaurante. À medida que conversávamos e eu, envergonhado, via outro aspecto das coisas, outro ponto de vista, fui serenando. Fred não me atacava, apenas lamentava os ataques que recebia e me fazia ver o que eu já sabia: os que estavam do lado dele são ofendidos por grupos intolerantes da esquerda. As ofensas, infâmias e agressões podem ser equivalentes, muito embora a extrema direita seja sempre mais violenta, mais truculenta, e busque destruir as liberdades que permitem a existência dos outros. Os sentimentos supremacistas os separam de qualquer outro radicalismo. Fred não é essa direita. Ele não olha o mundo do mesmo ângulo que Paulo, nem eu compartilho o mesmo ângulo de visão daquela parte agressiva e ortodoxa da esquerda que o hostiliza. As emoções muito extremas na política nos fazem todos primários, simplistas. Foi uma iluminação, sem exagero. Num repente, tive consciência da quantidade de erros que venho cometendo. Erros de julgamento, erros de atitude. Isso não me reconcilia com Paulo, mas pelo menos deixo de achar que todos à minha direita são como ele.

São Paulo, avenida Paulista

Isaura chegou ao escritório esbaforida. Assim que o viu, disse-lhe que precisava conseguir um *habeas corpus* para Caio, que estava preso havia muitos dias. Paulo respondeu que já havia dado entrada no pedido, alegando que não havia perigo de Caio fugir, que ele não estava obstruindo a justiça, pelo contrário, era réu confesso, preso em flagrante. Mas era difícil que sua liberdade fosse concedida em breve. Nervosa, Isaura disse que não entendia por que ele soava tão pessimista. Paulo, com toda calma, tentou explicar-lhe a situação:

— A justiça está dominada pela ideologia dos direitos humanos. A promotoria, sendo a vítima um jovem negro, pobre e favelado, tem a seu favor várias ONGs, a OAB e a simpatia da imprensa. Caio, por sua vez, é o típico vilão nesta narrativa. Homem branco, rico e violento. É fácil dizer que é racista, um assassino frio e deliberado. Então, a defesa vai ser muito difícil. Depende muito do júri. O *habeas corpus* é uma decisão discricionária do juiz, mas, se ele pensar como a OAB, não relaxará a prisão. A acusação certamente será implacável. A imprensa distorcerá tudo a favor da vítima. Dificilmente Caio vai escapar de uma sentença dura. Vou fazer o possível para abrandar a pena, mas estamos falando de não menos do que quinze anos de prisão, com possibilidade de ser mais.

Isaura se desesperou. Caio não aguentaria. Era melhor, então, fugir. Ir para Portugal. Paulo foi taxativo em dizer que não adiantaria muito, pois provavelmente Caio terminaria extraditado de volta ao Brasil:

— O clima está horroroso, casos como este são muito visados pela imprensa. Há muita pressão. Esses comunistas não dão trégua. Não perdoam quem os venceu. Estão espalhados pelo mundo todo. É o globalismo. Tudo agora é volta da ditadura, racismo, violação de direitos humanos. Não é um clima bom para a defesa do Caio.

O caso dela era diferente. Era mais fácil argumentar que não tinha havido cumplicidade, participação ativa no crime.

— Não foi crime — Isaura contestou. — Foi legítima defesa da propriedade.

Ela havia chamado a atenção de Caio para o pichador.

— Você quer ser condenada e presa? — perguntou Paulo.

Não, ela não queria isso, nem que Caio fosse condenado. Paulo repetiu que poderia conseguir livrá-la, mas era quase impossível que Caio fosse inocentado. Seu objetivo era abrandar a pena, alegar atenuantes. Isaura não se conformou. Paulo compartilhava o ponto de vista dela, era um absurdo destruir a vida de um homem de bem, trabalhador, que contribuía para a economia do país, por causa de um vagabundo no lugar errado, fazendo o que não devia, na hora errada. Mas não era assim que a imprensa via as coisas. Uma imprensa parcial, que se recusava a ver o lado de Caio. A justiça também não veria assim.

— A lei é quase sempre interpretada a favor da vítima, mesmo que ela seja a culpada pelo desfecho trágico.

Em resumo, ele disse a Isaura que faria o máximo por Caio. Tentaria convencer o juiz a absolvê-lo sumariamente. Se não tivesse sucesso, o mais provável, por causa da arma de fogo empregada, tentaria o argumento de homicídio sem dolo, sem intenção de matar. Isto poderia livrá-lo do tribunal do júri, sempre imprevisível. O mais provável, porém, é que o juiz o pronunciasse réu por homicídio com dolo e, na pior das hipóteses, por homicídio qualificado por motivo fútil, e considerasse que, além do homicídio qualificado, ainda havia cometido o crime de racismo. Caso fosse, realmente, pronunciado desta forma, Paulo jurou que usaria todos os recursos para adiar o júri. Se Caio fosse condenado, se esforçaria para anular o julgamento. Se não tivesse sucesso, trabalharia para adiar ao máximo o início do cumprimento da pena, o trânsito em julgado. Era mais otimista em relação às possibilidades de usar todo o arsenal de recursos para evitar a execução da sentença.

— Pode demorar duas décadas até o trânsito em julgado.

Quanto a ela, o advogado repetiu, a chance de inocentá-la inteiramente era muito grande, praticamente garantida. Ele evitou entrar nos detalhes legais, nos ritos processuais, pois Isaura já estava muito transtornada. Mesmo que tudo corresse contra eles, explicou, havia muitas maneiras de protelar o processo. Só no caso de aprovarem a prisão após sentença definitiva da segunda instância essas possibilidades ficariam mais restritas.

Ainda assim, dava para tentar protelar ao máximo na segunda instância. Esperou que se acalmasse, antes de encerrar a conversa. Despediram-se afetuosamente e ele lhe disse que daria notícias do *habeas corpus* de Caio assim que possível.

São Paulo, avenida Paulista, outro dia no futuro

A manifestação cresceu sem avisar. Foi uma surpresa para todos, principalmente para os organizadores da mobilização. Espalhando-se pelo país inteiro, ela alcançou mais de trezentas cidades, todos os estados e todas as capitais. O governo, de tanto provocar, conseguiu despertar a indignação das ruas. As redes sociais iam unindo as experiências país afora e convocando mais gente para unir-se aos manifestantes. Coisa de milhões. Maria, extasiada, rouca de tanto gritar, olhou para o MASP enquanto passava em frente. A Paulista era um formigueiro incendiado. Ela viu o museu de um ângulo inteiramente novo, inusitado. Mais adiante, subia a fumaça das bombas de gás atiradas pelos policiais. Ela havia sido alertada, estava preparada. Tinha uma máscara contra gases industriais na bolsa, que aliviaria os efeitos, e os óculos de segurança diminuiriam a ardência nos olhos. Anônima e integrada, Maria nunca havia sentido tanta energia e tanta liberdade como ali, no meio da Paulista. Ela fazia parte. Sentia-se mais viva do que nunca, pertencia a algo que ia além dela, além do momento. Agora entendia a mágica das ruas ocupadas; nelas não havia a solidão que todos sentem quando andam pela cidade, sem estar juntos. Lembrou de um documentário que vira com o pai, com imagens do Anhangabaú lotado da época das Diretas Já. Lembrou-se dele falando que seus avós tinham estado lá. Mas nada a havia preparado para o que estava sentindo.

Resistiu o quanto pôde à nuvem de gás irritante. Finalmente, a multidão se dispersou, ainda sob o efeito da energia coletiva muito mais potente do que a repressão. A imprensa cobriu tudo, as redes repercutiram e expandiram aquele grito indignado com os desmandos e arbitrariedades do governo. Era um grito grupal e particular pela liberdade. Estava ansiosa para compartilhar com o pai sua primeira experiência real de protesto nas ruas. Sabia que ele entenderia. Uma parte íntima de seu cérebro achou bom estar separada da mãe. Ela faria um escândalo só por sua filha ter se juntado à manifestação.

São Paulo, Vila Madalena

— Se você não controlar sua filha, entro na Justiça pedindo a guarda dela e a restrição a suas visitas. Ela toda desgrenhada, descontrolada na Paulista, você viu? Tudo na TV. No *Jornal Nacional*! Que absurdo! Que vergonha! Vai ver estava drogada.

— Isaura, você não está em situação de fazer ameaças. Sim, vi e soube de Maria na manifestação. Ela acaba de chegar em casa, animada e feliz. Não estava drogada, não. Estava consciente de seu papel, do poder jovem, feliz em se manifestar contra os excessos autoritários do governo que você apoia.

— Nesse pouco tempo morando com você, ela já se tornou uma militante comunista, uma arruaceira. Você me paga, Afonso! Está corrompendo a moral da sua filha!

— Ela foi à manifestação por vontade própria. Não me consultou. E mesmo que tivesse consultado, eu teria dito que era livre para ir. Ao contrário de você, não reprimo nossa filha. Deixo que seja ela mesma, que forme suas próprias convicções. E quem é você para falar em moral corrompida?

— Subliminar, você é insidioso, um anarquista profissional. Vai para o inferno!

São Paulo, Vila Madalena, outro dia

Levantou-se da cama embalado por ventos maus. Maria, já acordada, esperava-o para o café da manhã, antes de sair para a escola. Enquanto comiam, o silêncio pesava na mesa. A manhã chegara cercada de augúrios imprecisos. Sentiam-se quase culpados pela felicidade com que haviam comemorado os 15 anos dela. Foi rodeada pelos amigos de todas as tribos. Até os antigos foram e se misturaram aos da nova escola. Só não estavam as amigas que a haviam abandonado definitivamente. Não sentiu falta delas. As melhores amigas de agora eram muito melhores amigas. Até Annabella pôde ir. Rita conseguiu convencer o irmão e a cunhada a retirarem o veto, pelo menos nos 15 anos da amiga de infância. Haviam crescido juntas. Mas, no café da manhã, voltaram as nuvens carregadas daquele tempo de desencontros. A ausência e o silêncio de Isaura pesaram. Mais ainda pesou para Maria não ter sentido sua falta, nem desejado que ela telefonasse. Ela sentia culpa por não ter saudades da mãe. Ou melhor, por não conseguir sentir o que se esperava que sentisse por ela. Afonso pressentia que, às alegrias da festa, sobreviriam tempestades já armadas na vida deles.

Hoje, eu preferia não ter acordado. Antes atravessar esse dia mergulhado na inconsciência dos sonos profundos. Isaura, cada vez mais descontrolada. Caio preso. Paulo dando declarações absurdas e racistas à imprensa, para defender o indefensável. Isaura vai dar novo depoimento à polícia. Me culpa de tudo, até de seus próprios desatinos. Está com medo de ser presa. Ela sequer tentou falar com Maria ontem, no dia de seu aniversário de 15 anos. E Maria não quer saber da mãe. Acompanha tudo o que está acontecendo com horror. Prefere nem ter notícias dela. Hoje eu não queria mesmo acordar. Diazinho horrível! A ressaca de uma felicidade quase interditada. Estou farto disso tudo. Perdemos tempo que não temos. Retrocedemos. Foi tão penoso chegar aonde chegamos. Só Esther me anima, e as horas mansas passadas com Maria. Tentei escrever um ensaio sobre o que vivemos e fazemos hoje em nossa vida. Não consegui. É só começar e me vejo incapaz de ser objetivo. As ideias se embaralham e se confundem com as emoções. O que dizer? Levamos o conceito de bem e mal aos extremos, até perdê-los. Não deixamos espaço para ambivalências, para a dúvida, para os semitons da vida. Só podemos ser ou não ser. Jamais vacilar entre uma e outra possibilidade, e isso em um mundo onde tudo está difuso. Nada é sólido, tudo flui. Vivemos uma impossível fantasia com dois lados apenas, sem via alternativa, quando todos os caminhos se bifurcam. Tento entender o caminho escolhido por pessoas que conheci a vida toda. Paulo, por exemplo. Mas é tão do outro lado! Se o meu lado é o bom, o dele tem que ser o mau. Não sei mais levar em consideração as razões do outro. Terei perdido a empatia? É claro que o racismo é do mal. As pessoas podem ter sua moralidade muito diferente da minha e nem por isso serem más. Mas, quando tento separar o que é bom do que é mau, no caso das pessoas que já estiveram no meu espaço afetivo, como Isaura ou Paulo, não consigo. Sei que não são pessoas más. São boa gente, ou foram. Até mesmo o Caio. Eu os culpo pelo mal a que eles se associaram. Já não sei mais... já não temos um peso moral que se aplique a todas as nossas ações. Ao matar um jovem negro, porém, Caio atravessou a fronteira rumo a um território onde não há justificativa possível. Isaura, ao justificar suas ações, também. Paulo tem usado argumentos sem qualquer fundamento moral para defender Caio. Reconheço que ele tem direito à melhor defesa possível. E o que faço com o fato óbvio de que, se fosse o contrário, se o garoto tivesse matado Caio, ele não teria a melhor defesa? Seria condenado de imediato. Talvez, morto no ato. Como escrever sobre um mundo radicalmente dividido, se sou parte dessa divisão? Se não consigo ver o que há de moralmente errado em minha conduta? Diante do que vejo como os maus, só eu e os que agem como eu são bons? Nossos valores se tornaram fluidos. Será que precisaremos criar um novo código moral que algum dia resolva as dúvidas que surgem a todo instante? A vida como a temos vivido não anda fazendo sentido.

Maria via repetidamente o vídeo em que Madonna cantava no fundo e escrevia em uma velha máquina de escrever. Estava acostumada a ver o pai escrevendo também, só que no teclado de um computador.

Every day they have a kind of victory
Blood of innocence spread everywhere
They say that we need love

But we need more than this
We lost God control

Eu acho que entendo por que a gente às vezes pensa em desistir. É como diz a música da Madonna. Todos os dias eles têm algum tipo de vitória, há sangue de inocentes espalhado em tantos lugares. Dizem que precisamos de amor, mas precisamos de muito mais. Nós perdemos o controle de Deus. Acho que perdemos Deus. Minha mãe acha que se aproximou mais Dele agora, mas, na verdade, nunca esteve tão longe de Deus. Que ideia! Perdemos o controle de Deus.

Quando a música terminou, Maria chorava bem mais que Madonna. O vídeo remexeu nela os sentimentos que tentava represar. Precisava romper o silêncio que a envolvia como substância espessa. Desgostava-se com o não dito. Comentou com o pai o quanto a incomodava o silêncio que ficou entre ela e a mãe. Ele levantou os olhos, olhou a filha de frente, mas não conseguiu responder. Ela contou que havia acordado meio deprimida e falou do novo clipe da Madonna. Ele falava de coisas muito reais, que não aconteciam só nos Estados Unidos.

— A gente está ficando muito parecido. Tenho medo de que eles vençam, fiquem para sempre.

Afonso nada sabia do novo disco de Madonna. Fez-lhe algumas perguntas, deu algumas opiniões genéricas. Prometeu que veria o clipe. Maria ficou olhando o pai, com olhos mareados.

— O que você acha que vai acontecer com a mãe? Ela vai ser presa?

— Não sei. É uma possibilidade.

— Você sabe que ela não aguentaria a prisão, não sabe?

— Vai ser um golpe muito forte mesmo. Já está sendo.

— E você, está preocupado com o quê?

Afonso permaneceu calado, olhando a filha intensamente. Ela sustentou seu olhar. Sua atitude informava que exigia uma resposta. Ele suspirou fundo. Disse que seria inteiramente franco. Ela respondeu que era o que queria. Olhou a filha por mais uns instantes.

— Caminhamos para uma tragédia. O que acontecerá, quando e com que intensidade, não sei. Ninguém sabe. Acho que não dá para saber. Escolhas insensatas têm um preço alto. Em algum momento pagaremos por elas.

— Do que você está falando?

— De muitas coisas. Houve uma gravíssima ruptura em nossa vida familiar. Ela terá numerosas consequências para nós, nenhuma delas fácil. Você está absorvendo sentimentos contraditórios demais e não sabe como lidar com eles. É natural. Você vai precisar de ajuda, para desatar os nós cegos que estão se formando na sua cabeça.

— Eu sinto como se tivesse uma tempestade se aproximando. Tipo a sensação que a gente tem quando o tempo está muito fechado, começa a ventar forte, com muitos raios e trovões.

— Pois é. Tivemos uma ruptura grave no país também. Nossa família é o retrato da sociedade. A convivência veio se deteriorando, até que passamos a viver em um ambiente de ira e extremismo. Também terá consequências muito negativas. E não sabemos onde isso tudo vai dar. O mesmo está acontecendo com o mundo, com o planeta. Intolerância com os outros, aquecimento global, extinção de espécies, tudo me preocupa. Perdemos o controle sobre os acontecimentos, no âmbito privado e no público. Na verdade, controle mesmo, nunca tivemos, mas agora é tudo mais imprevisto e mais errático.

— É o que a música da Madonna diz, perdemos o controle de Deus. Tem muitos problemas no país, mas o que me angustia mesmo é isso que você chamou de nossa tragédia familiar. Eu sei que nossa família está rachada. Muitas famílias estão assim, divididas. Tio Dudu e tio Paulo se odeiam. Tenho amigos cujas famílias também estão separadas por causa de política ou religião. Sinto que alguma coisa se quebrou dentro de mim, em relação a minha própria mãe. Uma coisa muito séria, muito... assim... definitiva. Não suporto a ideia de estar com ela. Sei que está precisando de amor, de carinho, mas eu...

— Ela está, minha filha, e é sua mãe.

— Mas eu não consigo sentir amor ou carinho por ela. Eu não reconheço mais a minha mãe. Não a aceito como ela é. Sei que devia, mas, pai, simplesmente não consigo.

— Faça um esforço, filha. Talvez você precise de ajuda para isso.

— Eu consigo imaginar minha vida sem ela, para sempre — disse Maria, chorando. — É como se ela já tivesse morrido. Não consigo imaginar conviver com ela depois de tudo que aconteceu.

Ele se calou. Abraçou a filha e a deixou chorar, acariciando seus cabelos.

Senti a morte afetiva de Isaura nas palavras de Maria. Ela não falava com raiva, mas com uma tristeza funda e definitiva. Sentimentos terminais como este têm uma natureza absoluta, monolítica, impenetrável, irreversível. São parte dos eventos finais da vida. Não há o que se possa fazer. Há um pouco de morte, neles.

São Paulo, avenida Paulista

Caio foi pronunciado. Crime com dolo e motivo torpe: ódio racial. Não havia como escapar. Teria que ir a júri. Muitos desejavam que a justiça se fizesse tardia, mas ela se mostrou célere contra tais desejos e o padrão. Se o julgamento fosse marcado, seria um desvio no histórico dos processos nesses casos. O inquérito terminado já era coisa rara. Levar uma pessoa da classe média branca a julgamento tão rapidamente, com a possibilidade de ser punida com pena alta por ter matado um jovem preto, parecia impossível no momento e na sociedade em que viviam. Paulo conseguiu inocentar Isaura.

Estou chocada com a parcialidade do juiz. Paulo foi brilhante. Mostrou a diferença de berço e comportamento entre aquele vândalo e nós. As testemunhas foram claras sobre o caráter e a integridade de Caio, nossa formação familiar, educados por um general. Mas o juiz ficou impassível. Era um daqueles comunistas infiltrados no Judiciário brasileiro. Acreditava que os direitos humanos estavam acima de tudo, como se fossem um direito divino. Usou-os para transformar em vítima um vagabundo que desrespeitava a propriedade privada. Caio tornou-se o algoz brutal e insensível de um garoto indefeso. Absurdo! Nem consideraram os antecedentes dele. Paulo alegou que era primário, que estava em estado de forte emoção. Nada demoveu o juiz. A única boa notícia é que ele poderia aguardar o julgamento em liberdade, mas deveria se apresentar à justiça mensalmente, além de entregar o passaporte.

Caio e Paulo chegaram ao escritório juntos. Isaura já estava lá esperando por eles, acompanhada pela prima, Khatia. Caio estava abatido. Paulo beijou a mulher e, dirigindo-se a Isaura, triunfante, contou que seu irmão era um homem livre e ficaria assim por muito tempo ainda. Conseguiu levantar a preventiva. Se a imprensa esquecesse o caso, conseguiria protelar o júri e, depois, se fosse condenado, evitaria ao máximo o cumprimento da pena. Explicou que dispunha de vários tipos de recursos para cada instância. O primeiro seria buscar algum bom argumento para anular o júri, o que levaria a um novo júri. Em geral, o segundo sempre demorava mais a ser marcado. O dogma constitucional do trânsito em julgado funcionava a favor deles. As varas estavam abarrotadas de processos. Levaria muito tempo até que fosse tudo julgado. Conhecia casos em que os advogados conseguiram segurar o trânsito em julgado por vinte anos ou mais. Pelo menos a esculhambação da justiça no Brasil iria ajudar um homem de bem e não os bandidos, traficantes, corruptos, que sempre se beneficiaram da justiça parcial e morosa. Caio e Isaura não pareceram animados com a perspectiva, mas Paulo assegurou-lhes que era o melhor cenário possível, nas circunstâncias. Discutiram os passos imediatos do processo e ele recomendou a Caio que ficasse calmo, saísse pouco e não se metesse, de jeito nenhum, em discussões, brigas ou confusões, para não prejudicar seu caso. Deviam evitar, de todas as maneiras, falar com a imprensa, tomando cuidado para não aceitar pedidos de entrevistas. Jornalistas, ele ensinou, são sempre mal-intencionados, cheios de truques para forçar as pessoas a darem declarações comprometedoras. Tiram uma frase do contexto e montam uma grande mentira. Deviam deixar que só ele falasse com a imprensa. Qualquer pedido, a resposta padrão deveria ser o clássico "nada a declarar, falem com meu advogado".

São Paulo, Vila Madalena

Maria deixou claro que não iria ver a mãe. Isaura não perguntou, nem chamou por ela. Não queria se aborrecer mais, já vivia um inferno particular. Afonso também não tinha por que visitá-la depois do resultado do inquérito. Tudo naquela relação era definitivo. Pelo menos no que dizia respeito aos laços afetivos. Estavam rompidos e sem conserto possível. Restava apenas a amarga memória de que um dia tais laços haviam existido. Era a saída de cena de Isaura, exilada para sempre da família que ajudou a formar e destruir.

São Paulo, avenida Paulista e Anhangabaú

A noite precoce, carregada de fumaça, acendeu a consciência de que nada daquilo era natural. O conformismo é uma marcha distraída para a morte. Nas redes, viralizava a ideia de manifestação permanente, de tomar as ruas e nelas ficar. Era um desaforo a mais. Um, demais. Os protestos de rua se sucediam, cada vez mais polarizados e ruidosos. Em muitos momentos houve confrontos violentos entre grupos antagônicos. A polícia antecipava e escalava a repressão sempre contra os opositores ao governo. Atacava logo no começo com gás e cassetetes, para em seguida passar aos tiros com balas de borracha, capazes de ferir gravemente. Em não poucas ocasiões usaram munição letal. Só não havia repressão nos poucos estados governados pela oposição. O governo federal ameaçava com o estado de emergência.

Afonso, Esther, Eduardo e Carla participavam de todas as caminhadas de protesto, sempre ao lado daqueles que pediam que fossem pacíficas. As demandas da multidão eram as mais variadas, com as facções se diferenciando pelas palavras de ordem nos cartazes e nas faixas. O fio delicado que unia aquelas tribos era a rejeição ao governo e ao autoritarismo crescente. Afonso preocupava-se com a escalada da violência política. Os bandos que começavam a aparecer para dispersar os protestos da oposição eram cada vez mais violentos. Atacavam as pessoas com a sanha de milícias treinadas. Muitos usavam bastões de aço. As emergências recebiam cada vez mais pessoas feridas. Algumas gravemente. Ele estava com um mau pressentimento, mas não quis deixar que suas intuições conduzissem suas decisões, nem que o levassem a proibir Maria de sair às ruas. Limitava-se a pedir que ela e seus colegas tomassem o máximo cuidado e se afastassem ao primeiro sinal de violência.

As pessoas queriam certezas e firmezas impossíveis. Ele sentia o espectro do estado de exceção a rondar novamente o país. Era grande o perigo de resvalarem para uma autocracia. Ele e seus amigos viam a ameaça como urgente. Sentiam que era preciso fazer alguma coisa para interromper este processo, mas seria necessário unir um país estraçalhado pelo ressentimento. Como lavar as mágoas do passado e conseguir uma reunião em torno da ameaça comum? Não conseguiam dissipar as dúvidas, nem avivar as esperanças. Em que momento soará o alarme que fará a todos deixar para trás o que estava perdido e dar as mãos para salvar o amanhã? Ele temia que fosse tarde demais. A desunião ainda persistiria por algum tempo. Até quando?

Temo por Maria, mas ela é, também, minha esperança. Quando vejo essas manifestações da extrema direita, um frio me corre pela espinha. Elas estimulam a violência com o discurso do ódio e da repulsa ao outro. Agitam as mentes, perturbando-lhes o juízo. Meus pais foram sacrificados pela sanha autoritária há apenas algumas décadas. Temo por Maria.

Temo por nós. Tenho a esperança de que minha filha consiga suportar as dúvidas e os traumas dessa fase tumultuosa. A esperança de que possa viver o novo mundo na plenitude. Tudo isso são ondas, e elas passam. Espero que não acabemos sendo tragados. Precisamos de lucidez para encontrar uma saída. Para resistir, só temos o presente. O futuro será tão diferente, que não conseguimos sequer sonhá-lo como utopia.

São Paulo, Vila Madalena

O celular de Eduardo vibrou em seu bolso. Era uma mensagem de Carla: "Dudu, preciso de você. Aconteceu uma coisa horrível." Ele saiu apressado e aflito, para encontrá-la chorando muito e bastante nervosa. Enquanto a abraçava, perguntou o que havia acontecido. Ela balançava a cabeça sem conseguir responder. Ele a manteve nos braços, enquanto afagava suas costas e cabelos. Sentia o calor nervoso nos soluços que sacudiam seu corpo. Ela então contou, em frases entrecortadas, o corpo a tremer descontroladamente, que Julia e Bruna estavam na UTI. Olhou-o com o rosto marcado por lágrimas que escorriam dos olhos misturadas à maquiagem, formando uma máscara de horror. Julia estava muito mal, em coma. Bruna tinha fraturas múltiplas pelo corpo e havia suspeita de que teria rompido o baço.

— Como isso aconteceu? — ele perguntou.

— Foram brutalmente espancadas, quando saíam do restaurante e se beijaram. Era uma despedida, Bruna iria direto para o aeroporto, para vários dias de trabalho no Rio, enquanto Julia ficaria cuidando da montagem da nova exposição na galeria.

Eduardo perguntou se haviam sido assaltadas. Carla respondeu que ele não estava entendendo:

— Foi um ataque homofóbico. Foram espancadas porque eram lésbicas.

— Aonde esse país quer chegar? — ele perguntou, exasperado, sabendo que não teria resposta. — Voltamos à Idade Média!

— Elas são pessoas doces, sensíveis, trabalham com a beleza, com a arte — disse Carla, aos soluços. — Não foram agressivas. Como qualquer casal que não ia mais se ver por uns dias, se beijaram na despedida. Foi o que bastou, atacaram as duas sem piedade.

O tempo correu, imune à aflição dos dois. Carla disse que tudo estava ainda muito confuso. A suspeita era de que Julia recebera um golpe que afetou sua laringe. Um caso gravíssimo. Roberta, prima de Bruna e estudante de medicina, ligou do hospital para lhe dar a notícia.

— São dois casos muito graves, ruptura de baço e trauma de laringe — ele concordou.

Então contou a ela que não fazia muito tempo ouvira Antonio, um médico seu amigo, dar uma palestra sobre a experiência dele na emergência do hospital. Entre os casos mais graves estavam contusões, em acidentes ou brigas, que afetavam o baço, a faringe, as artérias do pescoço e as que provocavam traumatismos cerebrais. Carla disse que estava desesperada, eram duas amigas muito queridas. Ela não entendia esse clima de violência insana, não sabia lidar com situações violentas. Nunca imaginou que pudesse haver tanta insensibilidade, tanta maldade.

— Ninguém fez nada. Como parar isso? — perguntou.

Eduardo não tinha resposta. Quem teria, indagou-se. Os psicólogos, psiquiatras e sociólogos concebiam hipóteses, mas não conseguiam prever nem explicar adequadamente essas irrupções de ódio e violência. Ele ligou para Esther e contou o que havia acontecido. Ela avisou Afonso. Os dois se encontraram e foram para a casa de Carla. Ao saber de tudo, a amiga ficou emocionada e muito indignada. Era preciso fazer algo a respeito, parar a insanidade. Afonso concordou, mas confessou que não sabia como lidar na prática com uma situação dessas. Carla buscava na conversa o consolo que não teria. Os outros só conseguiam processar a tragédia tentando explicá-la ou encontrando meios de agir contra o preconceito que a gerou. Eduardo perguntou como chegaram nesse estágio de degradação, sem reação, sem aviso.

— Aviso houve, vários — disse Esther. — As reações é que foram fracas. A crise vem de longe. A intolerância apenas ficou mais evidente.

Ele concordou e perguntou por que não reagiram, por que a apatia até ali.

— Comodismo, individualismo — ela respondeu. — Esta sociedade nos corrompeu.

— Não soubemos reagir a tempo, interferiu Afonso.

— Passamos a achar naturais atos intoleráveis — disse Esther.

— Coisas como estas não acontecem de repente — Afonso acrescentou. — Muita coisa acumulada levou a essa banalização do mal, empurrou o país nessa ladeira da insensatez. Não soubemos diferenciar quem pensava diferente de nós, mas compartilhava valores que prezamos, de quem pensava diferente e desprezava esses valores. Perdemos a capacidade de construir pontes, a noção do outro.

Para Esther, o problema foi abandonar a luta permanente, viver na falsa certeza de que o pouco que haviam conquistado era imperdível:

— Se não formos tolerantes, não deixamos de ser democráticos? — Carla perguntou.

Sua dúvida criou um lapso de silêncio.

— Sim, por isso é preciso estar alerta e resistir à tentação da intolerância — respondeu Afonso.

Ela disse que entendia, mas não sabia mais como fazer isso.

— Cada um faz da sua maneira. Sem fazer concessões, sem aceitar censura, sem deixar de dar voz à indignação diante de qualquer fato aberrante — explicou Esther. — É preciso provocar as instituições, forçá-las a reagir e defender mais severamente os direitos fundamentais, a democracia.

A época era de ultrajes. Eles viviam tempos nos quais era quase delituoso falar de coisas inocentes, pois implicaria silenciar sobre tantos horrores. Não era o tamanho da violência que importava. Ao aceitar as pequenas ofensas, a sociedade arrisca-se a perder o sentimento do quanto se aproxima da barbárie. Eles chegavam e ocupavam o espaço que deixamos vazio. A invasão era oportunista, usava as brechas nas trincheiras da civilização, como cracas que aderem ao casco dos navios, chegam ao porto e colonizam todo o ambiente.

O silêncio entre os amigos era pesado. Cada um a seu modo, eles pensavam nos perigos adiante. Esther, sempre a mais acalorada, disse que não podiam deixar que a paranoia dos outros os fizesse paranoicos também. Seria preciso frieza para encontrar os meios de enfrentar a ameaça inesperada que surgiu como uma armadilha coletiva. Carla olhou a amiga com olhos marejados e disse que não conseguia pensar no futuro, só nas barbaridades que vinham acontecendo. Julia e Bruna estavam lutando para não morrer. Não era teoria. Era real. A vida de todos eles.

— Nossas amigas queridas, Esther — disse Carla, quase gritando.

Afonso e Eduardo foram tomados pelas memórias dos pais em outros tempos tenebrosos. Afonso disse que era uma situação de muito perigo para todos. A primeira coisa a fazer era espantar o desalento. Não podiam se entregar, não podiam se desesperar. Não podiam ser engolidos pelo medo.

— É isto que eles querem — concordou Esther.

Os dois saíram juntos e resolveram caminhar até a casa de Afonso. No caminho de sombras e luzes incertas foram invadidos pela sensação de que as trevas os cercavam irremediavelmente.

— Vivemos um presente medíocre, um impasse insolúvel, estamos emparedados — ele desabafou. — Fodeu! Não tem saída!

Para Esther, se estavam mesmo emparedados, só tinham uma saída, dinamitar as paredes. O alarme diante das ameaças que cresciam podia abrir uma fissura na vida deles e separá-los. Ele não estava disposto a trocá-la por nada. Abraçou-a, deu-lhe um beijo no rosto e apressou o passo para chegarem logo em casa. As trevas ficariam do lado de fora e a angústia suspensa por um breve instante no hiato da intimidade recém-criada. Mas Afonso não pôde deixar de lembrar de sua mãe lhe contando sobre a angústia trazida pela impressão de estar sendo seguida nas noites fechadas da São Paulo de chumbo, sob a espreita sinistra do DOI-Codi.

Ambos se sentiam prisioneiros de um presente sem fim.

São Paulo, Vila Alpina e Vila Madalena

A cremação de Julia e Bruna ocorreu numa tarde pungente. Carla estava emocionada. Sufocava de indignação e tristeza. Sua sensibilidade não conseguia processar aquele tipo de violência. Toda violência lhe parecia abominável. Mas, quando as vítimas eram pessoas amadas, ela passava perto demais. Os atacantes haviam calado vozes íntimas que eram necessárias em sua vida pessoal. A passagem do anjo soturno da morte deixou um vazio, um silêncio atordoante, um arrepio de ausência definitiva e injusta. Os quatro amigos foram para a casa de Carla. Não conseguiam falar de outra coisa.

— Este é o nosso cotidiano, nós não gostamos é de olhar para ele. — Esther encarou os amigos, entre espantada e desafiadora, falando com um tom diferente na voz, oscilando entre o lamento e a indignação.

— Somos um povo violento, mas nos vemos como amistosos, boa gente. Quem matou as duas não é muito diferente de nós. Eles se julgam homens de bem, pessoas normais. Têm família, trabalho, vão à igreja. Acham que o que fizeram é justificável. Não são capazes de ver a incongruência insolúvel entre os valores que dizem ter e a desumanidade que cometeram.

Afonso disse que não tinha como colocar-se inteiramente na posição das vítimas da violência. Não tinha a vivência desse desatino, nem do quanto haviam doído em Julia e em Bruna a censura, as interdições e as agressões que terminaram por lhes tirar a vida. Ele conseguia explicar intelectualmente esses atos todos de violência, mas não conseguia processá-los emocionalmente. Sabia que eram comportamentos detestáveis, mas os experimentava como externos a ele e à sua experiência. Intuía, se indignava, mas saber, não sabia.

— Só os que sofrem o preconceito na carne podem saber — Esther respondeu.

— Como a memória de tortura de nossos pais — lembrou Eduardo.

Só era possível saber das práticas abomináveis e de seus efeitos pelos relatos das vítimas. Só os que estiveram lá e sofreram aquelas atrocidades no corpo e na mente, que sobreviveram à violência brutal, sabiam realmente a dor que sentiram e os danos permanentes sofridos.

Sua mãe nunca conseguira falar das torturas sem chorar, mesmo décadas depois. Carla, inconsolável, não conseguia falar. Esther via o episódio como mais um flagrante do cotidiano. Muito mais doloroso porque atingia pessoas que amava. Mas estava longe de ter todas as respostas. Que sociopatia era aquela? Terminaram a tarde mudos e tristes. A noite veio sem lua e sem consolo.

São Paulo, Vila Madalena

Afonso esperou Maria chegar da escola para lhe dizer que ficaria fora por quatro dias, participando de um festival literário. Ela não poderia passar esses dias sozinha no apartamento. A garota ficou revoltada, tinha 15 anos, claro que era responsável para ficar só. Afonso concordou que a filha não precisava de ninguém para cuidar dela, mas argumentou que não podia correr riscos com Isaura. A mãe estava nervosa, em busca de um pretexto para recuperar sua guarda, culpando-o por Maria ter decidido morar com ele, ir a manifestações e tudo mais. Seria preciso esperar que, com o tempo, a raiva cedesse. Maria concordou e disse que ficaria com Esther ou Carla, ou também podia ficar com Eduardo. Com a mãe, nunca. O pai lhe disse que podia escolher com quem ficar. Maria preferiu Esther. Ele disse que combinaria com a namorada, porém Maria respondeu que falaria diretamente com ela. Afonso achou curiosa a escolha da filha. Cada dia mais independente, senhora de si. Seria cedo demais? "Não, cada um tem seu próprio tempo", concluiu.

No dia anterior ao embarque, ele recebeu comunicação do curador do evento cancelando a mesa de que participaria. Disse à filha que não viajaria mais e decidiram sair para jantar. A censura ia ocupando terreno sorrateira, sem decretos e sem listas de proibição. Fazia-se por um jogo de pressões surdas, ameaças explícitas, bloqueio de patrocínios, incentivos e financiamentos, recusa de ceder ou alugar teatros. As estatais, além de negarem patrocínio, pressionavam as empresas privadas a fazerem o mesmo. Muitos patrocinadores privados participavam das represálias por pura covardia. Outros, por convicção mesmo. Pegavam de surpresa os organizadores de festas literárias, de cinema, os produtores de filmes e de peças teatrais. A maioria se calava porque tinha outros projetos em andamento, investimentos realizados em antecipação a patrocínios prometidos. Calavam-se também para não comprometer organizadores e curadores amigos. O perigo era a censura se espalhar sob a capa de silêncio.

Ao chegarem ao restaurante em que comiam habitualmente, encontraram Eduardo e um amigo jornalista chamado Henrique.

— Ué, você não foi para aquela festa do livro?

— Não vou mais. O painel foi cancelado.

— Sério? Assim, em cima da hora? Que desfeita.

— Pior, Dudu, foi censura. O patrocinador vetou a participação de vários autores. Houve até ameaças físicas contra alguns de nós caso comparecêssemos.

— Foi a estatal que patrocinava, com certeza.

— Não só ela, os patrocinadores privados também. A pressão foi muito dura. Envolveu até uma moção digital de um grupo de advogados, veja só, contra a nossa participação. Muitas assinaturas.

Eduardo explicou que não os convidaria para ficar com ele porque estavam esperando mais duas pessoas. Iam conversar sobre o projeto para um documentário. Afonso respondeu que ele e Maria planejavam comer rápido e voltar para casa. Ela tinha trabalho da escola e ele precisava desmarcar encontros que acertara para os dias da festa literária.

No dia seguinte, os amigos se encontraram e ele contou o que ficou sabendo. Não foi só em um evento literário que se deu a interdição. Ele havia conversado com curadores de outros encontros e ficou sabendo de várias situações similares. Esther revoltou-se. Era preciso denunciar, chamar toda a imprensa, judicializar os vetos, provocar o Congresso. Acusar os patrocinadores, se possível, sabotar seus produtos.

— O silêncio é cúmplice — ela arrematou.

Eduardo concordou com ela. Incomodava-se com a aceitação do absurdo. Assim, a opressão ficava muito mais fácil. Escreveria sobre o episódio no dia seguinte para o jornal de domingo. Afonso lembrou que os organizadores e curadores eram todos amigos. A divulgação os deixaria expostos e poderia prejudicá-los muito. Os três discordaram. Eles deviam ter cancelado o evento e distribuído nota à imprensa informando que preferiram cancelá-lo porque os patrocinadores vetaram vários autores convidados. Eduardo pensava o mesmo.

— Eles não entenderam ainda que, se aceitarem a censura, os censores se tornarão os verdadeiros curadores dos festivais — disse Esther.

— Ficou tudo mais complicado — Carla interferiu. — Tem uma coisa paradoxal nisso tudo, porque é claro que eu não gostaria de convidar para um debate alguém que defendesse a homofobia, o machismo, o racismo. Tem um limite. O problema todo é quem define e quem aplica esse limite.

— Olha — interveio Esther —, é preciso trabalhar com a ideia de que vivemos um momento autoritário. Abriram-se os portões do inferno e dele saltaram os demônios de muita gente. Liberaram nas pessoas instintos bárbaros. Elas, até ontem, eram aparentemente pessoas respeitosas dos limites da convivência. O governo cruzou a fronteira da barbárie e levou muita gente com ele. Pessoas de todas as camadas sociais, não só da classe média e dos ricos.

Eduardo concordou:

— É isto que anda me incomodando — disse —, eram pessoas de bem até outro dia, como o Paulo. É como se pegassem um vírus e se tornassem zumbis aniquiladores. É um ponto importante, Esther, não percebemos o grau de ressentimento reprimido que havia. A virulência dos embates nas redes sociais foi aumentando e não percebemos a hora em que passou dos limites para muitos. Até que foram substituídos pelo ódio ressentido, pela difamação.

— Há muitos canais para dar vazão a esse ressentimento e o barbarismo explodiu — concordou Afonso.

Para Carla era tudo horrível, porque quando isto passasse, e ela tinha certeza de que passaria, essas pessoas possivelmente voltariam a parecer normais e aparentemente boas:

— Podem estar ao nosso lado, de novo, na mesa de bar, no restaurante, na fila do banco, em qualquer lugar. Assim, de repente, podem sair outra vez da normalidade e linchar uma pessoa realmente do bem, como fizeram com Bruna e Julia.

— Dostoievski. — Afonso começou a falar, mas foi interrompido por Esther.

— Ele só fala em Dostoievski, agora.

— Mas ele tem mesmo algo a nos ensinar sobre esses comportamentos impulsivos — Afonso insistiu. — É disso que ele fala no romance *Os demônios*. Meus alunos estão lendo para discutirmos no seminário. Esses tipos têm história. Essas lideranças apelam para os impulsos mais elementares das pessoas. Por isso Esther tem muita razão quando diz que o governo despertou os demônios que habitavam em pessoas ressentidas e enraivecidas. São os nossos demônios. O problema todo é que se tenta pensar as coisas com as categorias do passado.

— Erramos muito, não reconhecemos os erros e não estamos corrigindo o rumo — disse Eduardo, entrando na conversa dos dois. — Por isso somos surpreendidos por inimigos que não esperávamos. Os nossos demônios convocaram os demônios deles e nos deixaram sem ação. Agora enfrentamos as consequências de nossos descaminhos. Seguiu-se um silêncio longo, entre a perplexidade e o constrangimento.

Esther contou a Carla suas discussões com Afonso e falou de suas dúvidas. Ela queria tomar uma atitude política mais radical. Não acreditava em moções, manifestos, encontros e debates. Não via outro caminho para a mudança política se não a ação prática, concreta: o enfrentamento. Ele argumentava que não viviam num estado de exceção. A resistência democrática, respondia, lhe parecia a única via possível neste momento, sem sacrificar, no confronto, a própria democracia. As instituições estavam inertes e sendo desconstruídas, ela contrapunha. A maioria delas só pode atuar provocada, Afonso argumentava, acrescentando que o que se precisava era aprender com os erros e suas consequências. Não se havia tido no país a percepção dos sentimentos adversos que aqueles anos todos criaram. Não se haviam desenvolvido soluções boas para os desafios à frente, e a mudança provocava muito medo. A democracia precisava de reforços urgentes. Neste ponto, Esther concordava. Mas isto não excluía uma reação mais enérgica, à altura. Ele achava que não era bom aguçar mais os conflitos. A sociedade já estava dividida demais. Seria a hora de procurar o que unia, não o que separava.

— A gente não é mais capaz de se fixar no que agrega — ela contestou —, só no que nos divide.

Os amigos ficaram neste diálogo de pontos e contrapontos, sem encontrar uma posição comum. Carla ouviu o relato da amiga até o fim. Quando ela terminou, observou que pela primeira vez a via repetir com fidelidade o pensamento político do outro, do qual discordava. Foi o amor do qual ela tentava fugir que lhe permitiu ouvir Afonso. Mas ela só via o lado da política, Carla falou em tom de quem zangasse com a amiga.

— E há outro? — perguntou Esther.

— Claro que há, o lado afetivo. Você está com medo de se deixar apaixonar. Não quer reconhecer que ama. Basta mudar a perspectiva do olhar. Vê-lo como objeto amoroso, não como companheiro de armas.

Esther respondeu que havia momentos na vida em que era preciso sacrificar o afetivo pelo político. Carla insistiu que ela precisava respeitar seus sentimentos e se abrir mais.

— Vivemos tempos maus — ela disse. — É hora de resistir protegendo-se contra o ódio. Nossos e deles. Nunca é bom adiar os sentimentos. Eles existem para serem experimentados a seu tempo. Reprimi-los nunca dá certo. Este não é o momento de fazer esta troca. Afonso tem razão quando diz que vivemos um momento diferente. Tudo que acontece hoje é horrível, nega o que há de humano em nós. Mas não podemos deixar que isso tudo nos consuma. Deixar-se amar e amar era a melhor forma de se diferenciar deles. Sem amar alguém, acabamos incapazes de ver o outro. Perdemos a empatia.

Esther não respondeu, beijou a amiga e saiu em silêncio.

São Paulo, Anhangabaú

Parecia coisa de cinema. O grupo armado chegou com a sanha das milícias. Avançou sobre os manifestantes atirando e provocando uma correria desesperada. Pessoas caíam e eram pisoteadas, aumentando o pânico. Maria, com as amigas, entre elas Annabella, viu, com horror, quando Afonso caiu. Um bloco humano compacto os havia separado. Ele sentiu uma ferroada incandescente na face esquerda e o sangue escorrendo-lhe pelo pescoço. O impacto o fez perder os sentidos. Outra bala atingiu o ombro de Esther, derrubando-a e deixando seu braço dormente e com uma dor aguda irradiando-se por ele. Não pôde acudir Afonso. A dor era insuportável, o sangue empapava sua blusa. Maria queria correr para eles, mas Annabella, aterrorizada desde o início com a possibilidade de Paulo saber que ela estava no protesto, entrou em pânico e congelou com a eclosão da violência. Maria não podia deixá-la sozinha, paralisada e perdida no pandemônio que se formou. Dividida, ela vacilou por um segundo, e isso foi o suficiente para que as duas jovens fossem engolfadas pela massa em movimento. Maria se controlou e, com a ajuda das outras, conseguiu puxar Annabella para trás de um carro estacionado com as duas rodas sobre a calçada. Eduardo e Carla se protegeram em uma banca de jornal, a salvo do tiroteio.

A multidão mudou de direção sem aviso, como nas manadas migratórias, e voltou-se contra os agressores. A fuga interrompida e transformada em ataque cego desconcertou-os. Pararam de atirar e debandaram ao ver aquela onda de milhares de pessoas arremeter sobre eles, num ronco raivoso e uníssono. O homem que deu os primeiros tiros não conseguiu fugir antes que a ponteira da vaga o alcançasse. Vacilante, moveu a pistola 9mm de um lado para outro, indeciso sobre em quem atirar para interromper aquele vagalhão de gente. Ao repetir o movimento, um jovem negro, alto e musculoso arrancou-lhe a arma da mão. A multidão rugiu mais alto, vitoriosa e enfurecida. Esperou que o jovem desfechasse o primeiro golpe do inevitável linchamento. Ele se contraiu, preparando-se, como se a decidir entre usar a arma ou os punhos. Para surpresa de todos, despejou uma volumosa cusparada na face do agressor. A baba escorreu viscosa por seu rosto, misturando-se às lágrimas da covardia. Ele chorava, tremia e pedia piedade. O jovem preto se impressionou com a pequenez moral do atirador que suplicava a clemência que não teve com eles. Olhou com mais desprezo que raiva aquela patética figura com o rosto coberto de lágrimas e saliva, encolhida e apequenada. A violência e os gritos de fúria e ofensa haviam dado lugar a uma súplica impotente. Em grupo e com a arma em punho foi um gigante, sozinho e acossado pela multidão era um nada. Após instantes de hesitação, os manifestantes aderiram à cusparada grupal iniciada pelo jovem e se revezaram. Cuspidelas tímidas, escarradas raivosas, cuspidas apuradas. Depois, voltaram a subir a avenida, deixando o agressor de joelhos, com os cabelos, o rosto e o peito cobertos pela saliva democrática. A massa enojada contentou-se com a cusparada moral. O covarde ficou de joelhos, aprisionado pela baba viscosa.

Antes que pudesse se recuperar, a polícia apareceu. Ambulâncias chegaram praticamente ao mesmo tempo. Os paramédicos recolheram as vítimas. Os policiais cercaram a área e prenderam o atirador todo cuspido. Recolheram sua arma, abandonada a poucos metros de onde estava. Não viram nem ouviram falar do jovem que o desarmou e iniciou o desagravo inesperado. Foi uma cusparada metafísica, salvou a vida do miserável, mas não o livrou do nojo, nem da vergonha de ver sua covardia exposta na avenida. Aquele momento redefiniria o resto de sua vida.

Eduardo e Carla correram ao encontro das garotas. Estavam todos muito nervosos, pois tinham visto quando os amigos caíram feridos. Maria estava desesperada, queria procurar pelo pai e por Esther a qualquer custo. Eles tentaram acalmá-la, embora também estivessem aflitos por saber dos dois. Viram quando caíram e quando foram levados pela ambulância. Não puderam chegar perto por causa do bloqueio policial. Eduardo propôs que Carla levasse Annabella até sua casa, para livrá-la da ira do pai, e ele iria para o hospital com Maria. Carla os encontraria em seguida. A amigas do Eleutheria abraçaram Maria, despediram-se de Annabella, Eduardo e Carla, retirando--se para suas casas. O ferimento de Esther não tinha maior gravidade. A bala havia atravessado seu braço sem maiores danos. A força do impacto havia deslocado seu ombro. A bala que atingiu Afonso havia raspado a maçã direita do seu rosto e cavado nele um sulco dolorido. O osso zigomático havia se quebrado, a parte proeminente da face. Ele desmaiou com o impacto e a dor. Ficou desfigurado, com o rosto muito inchado e hemorragia no olho esquerdo. Maria só se acalmou um pouco quando o médico lhe disse que o pai se recuperaria totalmente. Ela decidiu ficar no hospital com ele até que tivesse alta.

São Paulo, Vila Madalena

Esther teve alta logo após as suturas e os exames de imagem. O braço foi imobilizado, o que a deixava incomodada e irritada, aumentando sua raiva. Afonso passou por duas cirurgias. Uma para tratar a fratura no rosto, e a outra, uma plástica restauradora. Ficaria mais alguns dias no hospital, em observação. A recuperação seria lenta. Maria preocupava-se com o estado de espírito do pai, mas Esther era uma presença reconfortadora. Num esforço de autocontrole, ela passava força e animava Afonso e a filha. Maria só ficaria inteiramente tranquila quando ele tivesse alta completa e a fisionomia do rosto recuperada.

As pessoas perderam o controle. É tanta raiva, tanta maldade. A violência nas manifestações está aumentando, mas eu não esperava uma coisa dessas. Agora eu vejo qual o problema de deixar as pessoas se armarem à vontade. No colégio, não temos problemas, mas somos alvos de alunos de outras escolas, que nos chamam de comunistas. Tratam a gente como se a gente tivesse uma doença contagiosa e fazem ameaças sempre que nos encontramos. Por quanto tempo continuaremos assim? Mara, minha colega de turma, tem um primo que estuda numa dessas escolas conservadoras. O professor de história foi demitido, porque vários pais reclamaram com a diretoria que ele estava dando aulas de comunismo e doutrinando seus filhos. Nada a ver. O diretor falou com o professor que ele não podia dar mais a aula sobre o surgimento do nazismo na Alemanha, ele se recusou a aceitar a censura e foi demitido. Muito louco isso tudo. Quanto tempo a gente ainda vai viver neste clima de terror? Ninguém vai fazer nada? As pessoas não estão vendo o mal que isso tudo causa? Que futuro vamos ter, indo por caminhos tão loucos? Meu pai diz que não temos que ficar olhando para o passado, que precisamos é de novas maneiras de ver o mundo e de olhar sempre em frente. Ele está certo. E deu no que deu. Eu fiz 15 anos e não consigo ver o que será de nós daqui a outros quinze anos. Em que mundo estarei vivendo?

Tenho medo de que seja um mundo daqueles de ficção científica. Depois de uma tragédia, todo mundo é controlado. Todas as pessoas sob o controle de uma autoridade que decide tudo que podem e não podem fazer. Eu detesto ser controlada, fico agoniada só de pensar nisso. Acho que estou ficando anarquista como o tio Dudu. Adorei ver na televisão o cara que atirou na gente todo cuspido. Melhor que linchar.

São Paulo, Centro

O garoto de moletom camuflado nunca pensou que aconteceria daquela maneira. Desenhava um de seus buracos e, distraído, não percebeu a aproximação. Não podia vacilar e vacilou. A mão pousou em seu ombro e ele saltou em pânico. Como se deixou pegar deste modo? A pergunta atravessou sua mente como um relâmpago. Ao voltar-se para ver quem o ameaçava, reconheceu, com alívio, a professora Dayane. Finalmente se encontravam. Ela sorriu para acalmá-lo.

— Você é um artista — ela disse.

— Você é a professora.

— Dayane — ela disse, perguntando seu nome.

— Roque.

A professora quis saber o que mais ele pintava.

— Muita coisa.

Ela quis ver. Ele disse que tinha fotos de alguns muros no celular, e mostrou. Ela perguntou se pintava telas, além de muros. Ele respondeu que não, mas tinha uns cadernos também. Ela pediu que levasse tudo até a escola no dia seguinte. O garoto, desconfiado, quis saber por quê. Ela apenas afirmou que gostaria de conhecer melhor seu trabalho como artista.

Na hora marcada, ele chegou à escola com alguns cadernos. Dayane o esperava. Ele lhe mostrou os cadernos. Ela quis ver novamente as fotos dos muros, e olhou-as em silêncio. De vez em quando murmurava "muito bom". Uma vez ou outra, perguntou-lhe alguma coisa sobre as pinturas. Quando terminou, disse que queria lhe apresentar uma pessoa. Ela era uma mulher branca, devia ter a idade de sua mãe, mas a vida não lhe havia pesado tanto no rosto ou nas mãos. Chamava-se Teresa. Era uma espécie de crítica de arte, pelo que o garoto entendeu. Pediu-lhe que mostrasse o que fazia. Elogiou seus *graffiti* e o convidou a participar do programa de arte urbana no instituto que dirigia. Ele duvidou, desconfiado. Sabia que não era bem-vindo fora de seu mundo e ela o estava chamando para atravessar uma fronteira que ele nunca atravessara antes. Ela lhe explicou que havia reunido um grupo de artistas urbanos que pintavam como ele e um outro grupo de slam. Mostrou-lhe fotos no tablet. Os jovens eram como ele, garotos e garotas pretos, todos do seu mundo. O instituto oferecia-lhes um caminho para viverem de sua arte, primeiro como bolsistas, depois profissionalmente. Todos eram de comunidades que ele conhecia.

— Ela quer salvar sua vida — disse Dayane.

— Você sabe quantos, como você, morrem nas ruas? — Teresa perguntou.

Ele balançou a cabeça, confirmando. Ela disse que desejaria salvar a todos, mas não estava ao seu alcance, isso exigia a participação de toda a sociedade. Nada vem de graça, o garoto de moletom camuflado pensou. Ele já viu mortes demais, perto demais. Quem sabe? Não prometeu ficar, mas aceitou visitar o tal instituto no dia seguinte.

— Você terá toda liberdade, de ir, de vir, de experimentar.

Ele não acreditou. O mundo em que vivia nunca foi de confiar. Quando chegou lá, sentiu uma inquietação que o acompanharia por todo o tempo. O instituto era uma bolha. Ele não estava no seu mundo. Era sua gente, sim, mas em um laboratório, afastada dos perigos e das surpresas da cidade. Era irreal. Por que não podiam fazer na rua, e com segurança, o que faziam ali, isolados? Ele precisava da rua, ela era sua inspiração, sua matéria-prima. Apesar disso, passou a frequentar o instituto, que não deixava de ser um jeito para encontrar os outros, trocar ideias e ouvir slams. Eram parte dele.

São Paulo, Morumbi, Vila Madalena, Bela Vista

Paulo foi visitar Rita para ter notícias do irmão. Aflito, queria saber se também havia sido ferido na manifestação.

— Como está o Dudu?

Ficou aliviado quando soube que nada havia acontecido com ele. Então perguntou sobre Afonso. Não demonstrou emoção ao saber que ele ainda estava em observação. Quis saber se ela achava conveniente que telefonasse para Maria. Rita disse que seria ótimo, um sinal de paz que talvez Dudu entendesse. Afonso era o amigo mais próximo do irmão e mesmo Paulo o conhecia desde a infância. O irmão tinha em Maria uma sobrinha, quase tanto quanto Annabella. Paulo respondeu que ele e Afonso eram quase amigos. A irmã aconselhou-o a ligar também para o próprio Eduardo. Paz entre irmãos. Ele não respondeu, e ligou para o celular de Maria.

— Oi, tio Paulo.

— Oi, Maria, você está bem?

— Estou... assim... mais ou menos, meu pai não corre perigo, está em observação para verem se há sequelas. Mas ainda tem uns riscos, os médicos falaram... riscos pós-traumáticos.

— Vai dar tudo certo. Se vocês precisarem de qualquer coisa, me fale.

— Obrigada, tio, por ligar.

— Tinha que ligar. Eu e seu pai nos desentendemos em um montão de coisas, mas somos amigos.

— E a Bella, está bem?

— Bella está ótima. Ela pediu para ir visitar você.

— Que bom… vou combinar com ela.

— Faça isso. Um beijo, Maria.

— Beijo, tchau.

Maria percebeu aliviada que Paulo nem desconfiava que Bella havia estado com eles na passeata; se soubesse, não deixaria que Annabella a visitasse. Os encontros entre as duas já eram interditados, participar de protestos contra o governo seria impensável. A punição seria exagerada, além de qualquer limite do razoável. Rita insistiu que Paulo ligasse para Eduardo. Ele relutou. Finalmente, decidiu mandar uma mensagem. "Dudu, eu não sou o mocinho, e você não é o bandido. Não há mocinho ou bandido entre nós. Não somos inimigos. Fiquei preocupado com você. Tenha mais cuidado. O país está muito violento." Eduardo recebeu a mensagem no celular, ao lado de Carla. Ela viu a surpresa e o incômodo dele ao ler. Quando o namorado lhe mostrou a mensagem, ela disse:

— É o máximo de pedido de paz de que ele é capaz. Agora está com você, desarmar seu espírito e responder em tom de pacificação.

Mas Eduardo ainda se ressentia dos embates com o irmão, e limitou-se a teclar, "Estou bem. Afonso está mal.

Esther também ficou ferida, sem gravidade. Eu e Carla, ilesos. Sei que não há só bandidos ou mocinhos em nossa história, mas há muita distância. E os bandidos existem. Não é o país que está violento. É a situação e não fomos nós que a criamos. Obrigado pela preocupação".

Carla ponderou que não era uma mensagem de paz. Era agressiva. Eduardo enviou. Havia muito mais feridas a suturar no confronto com o irmão. Talvez fossem incuráveis. Para um dia fazerem as pazes, muita coisa teria que mudar, e nunca mudariam, ele estava convencido.

Paulo, ao ler a mensagem do irmão, teve o impulso de responder agressivamente. Mostrou a Rita, que lhe pediu calma. Eles haviam brigado muito feio. Não seriam duas mensagens frias e supostamente educadas que selariam a paz entre eles. Rita percebeu a agressividade embutida na resposta, a mesma que vira na mensagem de Paulo. Seria preciso um esforço paciente de reaproximação. Prometeu conversar com Eduardo. Paulo olhou para a irmã, pensativo. Pegou o celular, hesitou por um longo instante, digitou "A preocupação é verdadeira, fiquei aflito mesmo. A situação é violenta porque o outro lado não aceita ter perdido".

Rita pediu que não a enviasse. No fundo, sabia que era inevitável. Mensagem enviada. Eduardo recebeu a resposta e mostrou a Carla. Ela disse que ele e Paulo ficariam um respondendo à provocação do outro num ciclo infinito. Eduardo respondeu imediatamente, sem ouvir Carla. "Sei que sim. Aceitar perder é uma coisa, reagir por não poder se opor é outra bem diferente." Carla sabia que Eduardo ainda não estava preparado para abandonar a frieza que congelava os sentimentos entre eles, nem limar todas as arestas. Não lembrava se houve um momento em que eles se comunicaram sem trocar farpas.

Annabella foi visitar Maria e Afonso no hospital. Quando chegou, a prima estava no celular e tinha uma expressão dolorida no rosto. Annabella afastou-se, esperando o final da ligação. Isaura, agoniada, finalmente havia decidido telefonar para a filha. Precisava saber como ela estava em meio àquilo tudo. Pensou horas a fio sobre o que deveria falar, pois sabia que seu impulso natural seria repreender a filha e o ex-marido por terem tomado parte nos protestos de rua. Sabia que, se fosse por aí, acabaria aumentando ainda mais a distância entre elas. E talvez não tivesse mais volta. Quando o telefone tocou, Maria olhou a tela do celular e hesitou, apreensiva, ao ver que era uma ligação da mãe. Depois de um momento interminável de dúvida, sentindo as mais desencontradas emoções, decidiu atender:

— Oi, mãe.

"Ainda bem que reconhece em mim a mãe", Isaura pensou, sem falar.

— Oi, Maria, como estão vocês? Seu pai está bem? E você?

— O pai está em observação. Estou bem, eu... estou preocupada, e triste...

A menina não conseguiu conter o choro. Afastou o aparelho para não deixar a mãe perceber que chorava.

— Também estou muito preocupada com você, filha... com vocês...

— Tá, eu sei... tá tudo bem. Quer dizer, vai ficar tudo bem, acho...

— Você quer vir para casa?

— Não. Vou ficar no hospital com meu pai, até ele sair. Mais três ou quatro dias.

— Está precisando do quê? Está comendo bem? Quer que eu leve alguma coisa para você, roupa, comida, alguma coisa?

— Não, nada. Obrigado.

— Posso... devo... vou ver você, qual a melhor hora?

— Melhor não. Quando o pai sair, eu aviso.

— Está bem. Eu espero... Se precisar de qualquer coisa, é só dizer. Sou sua mãe....

— Eu sei. Falo sim. Obrigada. Foi bom você ligar.

— Que bom que você achou. Então está certo, a gente combina a melhor hora de eu ir até você. Um beijo, Maria.

— Outro, tchau.

Ao desligar o telefone, Maria soltou o choro de vez. Foi liberando, aos soluços, todas as lágrimas que estavam reprimidas desde o rompimento com a mãe. Isaura ficou olhando o telefone, não sabia o que fazer com seus sentimentos, com a filha, com seus impulsos. Sentia-se só, desamparada, destituída. Não conseguia ver o que a esperava adiante. Não via futuro.

No hospital, Annabella se aproximou de Maria. As duas se abraçaram. Depois das notícias de Afonso e Esther, as duas conversaram por bastante tempo. Maria disse que só saía do hospital para as aulas e voltava, mas ficara dois dias sem ir à escola de todo. Bella confortou a prima, lembrando-a de que agora estava em uma escola que não acreditava em regras rígidas. Maria reconheceu que eles entendiam suas faltas. Como tinha tempo livre para estudar no hospital, estava conseguindo recuperar a matéria perdida. Bella então se despediu e, já no elevador, passou por Esther. Ela voltava do setor de consultas, onde haviam examinado seus pontos e trocado o curativo.

Quando a namorada do pai entrou no quarto, Maria pegou suas mãos e disse que estava com medo. Esther respondeu que não devia se deixar dominar, que o medo era um veneno cruel. Afonso estava em recuperação e tudo ia bem. Ele ficaria talvez com algumas marcas daquela violência absurda, mas eles voltariam para casa em breve. A garota contou a conversa com a mãe. Esther perguntou se tinha vontade de encontrar com Isaura e retomar o relacionamento. Quem sabe a mãe se abrisse a uma nova forma de convivência, mais tolerante, sem que Maria precisasse voltar a morar com ela. Maria confessou que não sabia como consertar a relação. O caminho ela encontraria ao caminhar, disse Esther, o importante era não manter uma separação que doía, mesmo quando ela não percebesse a dor.

— É a pior dor, a que não vemos, ela vai nos intoxicando até ficarmos prisioneiros dela.

Maria ouviu tudo com atenção e prometeu que iria pensar, após voltarem para casa, mas não acreditava que a mãe fosse capaz de mudar. Esther propôs que as duas saíssem juntas no dia seguinte, poderiam almoçar, depois talvez fosse bom Maria descansar um pouco em casa, antes de voltar para o hospital. A garota gostou da ideia, precisava mesmo pegar alguns livros da escola. No dia seguinte, ao voltarem deste primeiro momento a sós, as duas descobriram, com alívio, que Afonso tivera alta da UTI e fora transferido para um apartamento, onde ficaria mais uns dias. Poderia se movimentar mais livremente e receber visitas. Teria pela frente um período de fisioterapia, para desinchar o rosto e ajudar na cicatrização. Mas a recuperação seria completa, disseram os médicos.

São Paulo, Bela Vista

— Afonso teve sorte — disse o médico.

A bala havia fraturado a maçã do rosto, o zigoma, mas sem causar comprometimento neurológico ou ocular. Afonso já mostrava impaciência e insistia em terminar o tratamento em casa. Não aguentava mais o hospital. Esther e Maria ponderaram que o médico lhe daria alta em breve. Era uma questão clínica, não de convencimento. A impaciência, porém, era a melhor prova de que o pior havia passado. Ele disse que, ao retornar, passaria um tempo dedicado exclusivamente a ler e escrever.

Quando voltaram para casa, Afonso começou a trabalhar como se o fim do mundo estivesse chegando. Escreveu dois contos, finalizou um ensaio sobre ficcionistas contemporâneos de língua portuguesa, que já estava esboçado, e outro sobre o clima social de ódio. Pouco saiu de casa neste período. A fisioterapeuta o atendeu a domicílio. Em breve ele poderia voltar a dar aulas. Começou a escrever sobre as ideias que a leitura sistemática de Dostoievski lhe havia trazido sobre a situação que viviam.

— Eu *estou amando* você... Mas não é o momento de amar. O amor pode nos paralisar e eu só consigo me imaginar em movimento, Afonso. Aqui, estamos nos acomodando.

— O que você vai fazer?

— Vou voltar para Barcelona.

— A sua luta não está lá.

— Ora, pode-se dizer o mesmo de todos os estrangeiros que foram lutar na Guerra Civil Espanhola. E eles foram. Muitos morreram na Espanha. Hemingway escreveu algumas de suas melhores páginas nessa época.

— O contexto era outro, o motivo da luta era muito diferente. Temos muito o que fazer aqui. Uma nova sociedade para construir, e um grande mal para combater. Nosso maior desafio será tirar vantagens do nosso atraso, acumulado por décadas. Precisamos dar um grande salto adiante, para termos mais democracia. Saber o quanto estamos atrasados pode nos dar o impulso para alcançar o máximo de avanço possível. Sei que você vai fazer o que quiser. Mas aqui é o seu lugar, espero que se convença disso.

Na amargura deste diálogo de quase despedida, me dei conta de que Esther era como uma personagem saída de um daqueles filmes do Cinema Novo. Os tempos eram outros, o contexto muito diferente do que produziu aquela geração, mas ela pensava de um jeito que se parecia com eles. Os temas eram os de hoje, mas ela lembrava o jeito de falar daquele outro tempo. Pensei isso e percebi que minha referência era muito ultrapassada. Quem se lembra do Cinema Novo? Os que não viveram aqueles anos não têm a memória, a maioria esma-

gadora nem tem conhecimento do que foi o cinema brasileiro naqueles tempos duros, quem foram seus criadores geniais. Eles pertenciam à geração de nossos pais, muitos não estão mais entre nós. A minha geração não está em sintonia com este presente vertiginoso. Ela não sabe lidar com as mudanças que vivemos. Estamos ficando anacrônicos e as gerações mais novas não parecem ainda preparadas para dar um novo rumo ao país. É neste vácuo que surgem os desvios mais perigosos, os populistas mais extremados. Merda, Esther, só temos a nós mesmos para ir adiante! Ela jamais encontrará o que está procurando. Às vezes, parece que tem um mundo alternativo como aspiração futura, aquele que nunca se materializou. A utopia que nossos pais sonharam e não conseguiram atingir. Mas estes sonhos envelheceram também, não podemos sonhar os sonhos de nossos pais. O Velho sabe disso, ele é o primeiro a dizer que precisamos sonhar sonhos novos.

A quem eu quero enganar? O que temos não é uma guerra. Lá fora, estamos condenados a viver numa falha geológica entre a nossa sociedade e a deles. Eu tenho a ver é com este país esfacelado, que se entrega a miragens reacionárias, não preciso buscar outras causas. Tenho desafios novos aqui mesmo. O que estou sentindo é medo de ficar vulnerável por causa dessa relação com Afonso. Pela primeira vez, sei que é uma relação e não uma série de encontros casuais. Do tipo que é difícil de sair. Seria lutar contra o sentimento e a vontade. Aqui está a minha realidade. O conformismo atual não é por medo, é por não saber como reagir a este tipo novo de perigo velho. Barcelona seria uma fuga. Nós dois temos capacidades que nos tornam complementares. Somos ambos úteis, neste momento. Me arrependi imediatamente do que lhe disse, mas não consegui voltar atrás. O que está havendo comigo? Estou com medo de quê? De Afonso? Do amor? Do que não sei? Desse mergulho no desconhecido que é esta relação inesperada com Afonso? Acho que ele sente algo parecido. Quando falo em ir embora, sinto uma saudade enorme de nós dois, e de Maria também. E isto me assusta, descobri que não consigo atuar na vida pessoal como ajo na política. Sempre fui das linhas retas. Agora, a cada passo me deparo com bifurcações. E não sei onde elas vão dar.

Afonso ficou receoso depois da conversa com Esther. Ela havia saído à noite para dormir em casa e disse ter uma série de problemas a resolver no dia seguinte. Sua agenda havia destrambelhado com a hospitalização e com as pausas para acompanhar a recuperação dele. Afonso teve medo de que estivesse preparando a partida. Esther ligou no fim da tarde e disse que iria jantar na casa dele, pois precisavam conversar. Ela chegaria com a comida, encomendada num restaurante que os dois adoravam. Ele entendeu que, como havia pressentido, seria a despedida. Ao recebê-la, disse-lhe que Maria tinha saído com as amigas. Só chegaria mais tarde, para dormir. Puseram a mesa, abriram um vinho e se sentaram para comer. Um véu de silêncio caiu sobre eles, até Afonso perguntar quando ela pretendia partir para Barcelona. Esther olhou-o nos olhos e disse que não ia, que Barcelona era um pretexto, pois seu desejo era ficar com ele. Ele sorriu, aliviado, e respondeu que era também o que desejava. Desde que haviam conversado sobre a intenção dela de partir, havia pensado muito no que tinham juntos. Não queria interromper o que ainda estava no começo. Imaginar uma vida ao lado dela o animava mais do que qualquer outra coisa no momento.

— Não experimentar seria muita covardia — ela disse.

São Paulo, Brasil

A doença chegou como um inimigo invisível e letal. Ninguém estava preparado. Ninguém a conhecia. Atingiu quase todo o mundo. Foi verdadeiramente global. Interrompeu as sequências previsíveis da vida. Esther se deu conta de que perdera o controle sobre sua vida. A militância se transformaria em sobrevivência solidária. Afonso admitiu que a chegada de surpresa do inimigo incógnito superava os cenários mais imprevisíveis. Carla horrorizou-se com a violência de um mal inédito. Eduardo sentiu que não teria escolha senão seguir o que mandava a precaução e que a primeira perda era a da liberdade pessoal, ainda que temporária. A pandemia começou em São Paulo, onde chegava a maioria dos voos internacionais, e se espalhou pelo resto do país. O ponto inicial havia sido uma província tecnoindustrial da China. Mas a verdadeira origem fora o avanço descuidado sobre a natureza, a petulância humana de julgar que podia domá-la e fazê-la obedecer indefinidamente.

Nos países em que a epidemia avançava, escolas, universidades, lojas, restaurantes e bares fechavam, ruas esvaziavam, hospitais ficavam lotados. Diante da expansão do contágio, veio a determinação do isolamento. As pessoas, aprisionadas em suas casas, se viram obrigadas ao encontro indefinido consigo mesmas. Eu e eu, sem os outros. Uma inquietante prisão em si.

A doença congelou o presente, que, mesmo congelado e sem resolução, tornou-se rapidamente passado. Não havia como consertar o que estava errado antes dela. Já se havia perdido o rumo. O país estava desandado quando ela chegou, e seria outro depois, o mundo seria outro. A doença desviou o curso da história e o acelerou rumo ao imprevisível. A mudança de rota histórica teria vastas consequências, ela se multiplicaria mais rápida e universalmente do que qualquer vírus. Os bilhões de microdesvios provocados pelo encadeamento das microrreações individuais teriam a força para mudar indelevelmente a história pessoal e a coletiva. Quantas vezes os seres humanos viram isto acontecer? Foi tudo muito rápido e muito violento. Sem que houvessem internalizado a tragédia, choravam dezenas de milhares de mortos e eram alertados de que número ainda maior morreria antes de tudo acabar.

O governo decidiu não decidir, sem querer fazer o que era preciso. Poucos fizeram o mesmo e condenaram milhares à morte. Cada estado e cidade escolheria seu próprio rumo. Os amigos se reuniram para discutir as notícias inquietantes da Europa, prevendo que o confinamento seria obrigatório. Decidiram se isolar imediatamente, sem esperar a decisão oficial, que parecia inevitável, ainda que tardia. Mesmo se o governo continuasse insensível ao descalabro, estavam dispostos a se trancar em casa por eles e pelos outros. Optaram por se recolher na casa de Carla em Ilhabela. A casa era grande, tinha acomodações para todos com privacidade. Era isolada, os vizinhos mais próximos ficavam a mais de quinhentos metros. Um privilégio que poucos teriam. Que tempos!

Afonso foi o único que resistiu à ideia de deixar São Paulo. Maria ficaria muito só entre os adultos. Deixá-la com a mãe não era uma opção. Esther concordou, mas propôs que a chamassem para opinar. Afinal, com o distanciamento social forçoso e o fechamento das escolas, ela ficaria isolada com adultos em qualquer lugar, uma vez que não tinha irmãos. Maria, consultada, disse preferir a temporada em Ilhabela com eles.

Achou até divertido, como se estivessem fundando uma república hippie daquelas que os avós contavam em suas memórias, publicadas pouco antes de morrerem, com todos dividindo as tarefas e compartilhando os bens materiais. Seu grupo já estava combinando vários tipos de encontros e atividades online. O Eleutheria já havia avisado que interromperia as aulas, mesmo que o governo federal fosse contra. Maria, contudo, não ficaria isolada. Teria a república de Ilhabela e a turma dos amigos, distantes fisicamente, mas em contato digital. A expressão república de Ilhabela foi ideia de Eduardo. Todos acharam graça em como a jovem adolescente tratou com humor a situação inesperada. A distância entre as gerações analógicas e a digital nunca havia ficado tão clara. Maria jogava, conversava e estudava com os colegas na ciberesfera com a naturalidade dos encontros face a face. Sem estranhamento algum. Passava do mundo físico para o ciberespaço como atravessava uma rua sem movimento.

Levaram estoque suficiente de mantimentos e produtos de limpeza. A adega de Ilhabela era farta e climatizada. Já haviam consumido muitas garrafas deixadas pelos pais de Carla e ela ainda tinha uma grande quantidade de rótulos. O estoque parecia inesgotável. Combinaram que cada um devia criar uma rotina diária e alguma disciplina de horários, para não desequilibrar seus respectivos biorritmos. Teriam momentos juntos e momentos separados, momentos a dois e momentos só para si. Desta forma talvez conseguissem compensar a exacerbação emocional típica dos confinamentos. Todos sabiam das dificuldades do *huis clos*, da vida a portas fechadas, ainda mais com o anjo da morte à espreita, esperando o menor descuido. Não imaginaram, porém, que ficariam mais de um ano confinados e deixariam a ilha muito diferentes do que chegaram.

Vários dias após chegarem a Ilhabela, o isolamento social foi decretado no estado e na capital, as empresas pararam e o comércio fechou. Ainda assim não parecia suficientemente rigoroso para conter a doença. Quantos sobressaltos! Um vírus de fácil contágio e mortal atacava, a humanidade não tinha defesa contra ele. Quem poderia ter imaginado, todos voluntariamente presos, sem prazo para recuperar a liberdade. Nas conversas, já em completo isolamento, concordaram que o cotidiano nunca mais seria o mesmo de antes da doença. O tempo foi passando e viram que a reclusão seria bem mais demorada do que previsto. Em países com governos ineficazes, a doença atingia proporções inimaginadas e demorava muito mais para ceder. O número de mortos subia aceleradamente, para a casa dos milhões. Seria o caso aqui também. As mortes chegariam rapidamente à casa de centenas de milhares. Não sabiam quando sairiam dali.

O garoto de moletom camuflado soube da doença pela televisão. Quando saiu a ordem de isolamento, estava claro que a maioria dos seus não teria como cumpri-la. Distanciamento... Em cortiços e favelas? Era a história que conhecia. Sua vida, seu risco. Não sabia se os patrões liberariam sua mãe, nunca liberavam fácil. Temia por ela. E Dayane, a professora? Devia estar sofrendo por seus alunos, todos teriam que se virar. Descobrir como sobreviver à doença, como sobreviviam às outras ameaças presentes em seu cotidiano. Mas sempre com muitas perdas, sempre recolhendo corpos. Sempre por conta deles mesmos. Haveria um tempo... ou não...

São Paulo, interior

a poeira deste mundo
pesa no meu corpo —
voa borboleta!
Kobayashi Issa

Antes de se fecharem em Ilhabela, os amigos decidiram fazer uma última visita ao Velho, esticando o caminho para o autoexílio. Queriam saber como ele estava e como reagiu à notícia da doença. As borboletas concentravam-se estranhamente em torno dele. Sempre foi assim, desde que se mudou para lá, mas elas tinham se multiplicado desde a última visita.

— São lindas — disse Carla, que via na colorida teia em movimento uma inesperada forma de arte.

Esther estranhou a atração delas por um homem. Eduardo olhava, calado. Afonso parecia meditar. Sentaram-se com ele na grama, em círculo. Conversaram sobre bromélias. Esther perguntou ao Velho por que as borboletas ficavam sempre à sua volta. Maria estava assombrada com aquele ser que já pertencia ao mundo das fábulas.

— Elas me entendem e eu as entendo. Nós nos falamos o tempo todo. Elas me ajudam a decifrar o absurdo. São límpidas.

Carla perguntou-lhe se não tinha medo da pandemia. Ele respondeu que a doença pertencia ao mundo de fora. Não chegaria até ele. Não pertenciam ao mesmo mundo. Na franja do tempo, ele estava fora do alcance do vírus. Esther ficava cada vez mais intrigada com o que via e ouvia. O Velho se levantou, pegou Maria pela mão, carinhosamente, e os convidou para caminharem pelo canto mais remoto do jardim. As borboletas fechavam-se em torno dele e o acompanhavam como um manto protetor enquanto andavam pela trilha de flores.

— Estou cada vez mais assustado é com o ódio e a força dos negacionistas, mesmo quando ameaçados por um flagelo que só pode ser enfrentado coletivamente — Afonso lhe disse.

— O indivíduo é inseparável da sociedade, mesmo quando isolado. O susto é parte da vida. A mente clara e a paciência da espera é do que vocês precisam.

— Está difícil ter esperança — Esther respondeu.

— O último suspiro do dinossauro...

— Como? — ela quis saber.

— O último suspiro do dinossauro é malévolo, rancoroso, dilacerante. Um grito de morte na antemanhã da extinção.

As borboletas formaram um véu cerrado e espesso, enredando o Velho. Pareciam protegê-lo de alguma força externa. O Velho ficou praticamente invisível por trás da nuvem de borboletas. Os amigos se distanciaram devagar, em silêncio respeitoso. Maria sentia-se em um sonho, no limite entre o pesadelo e a quietude. Carla olhou para trás, fascinada, pensando que "Gostaria de entender as borboletas como ele parece entendê-las. Elas têm um efeito calmante, com os seus volteios silenciosos, coloridos, compondo um mosaico vivo." Suas asas alteravam as cores, suas espécies se misturavam. Como se estivessem em mutação, teciam uma rede iridescente e solidária em suave movimento. Formavam uma cerca viva em torno do Velho, como se lhe desvendassem o mistério do caos. A nuvem caleidoscópica coloriu-se de intenso azul, depois fez-se branca, com delicados bordados magenta. Quando voltou ao azul, o movimento, antes suave, se intensificou. A bruma populosa se dissipou em espiral e os amigos o perderam de vista definitivamente. No jardim, agora, só havia bromélias e borboletas. Nunca mais o Velho foi avistado.

FIM

Versos citados

"É que o nível de raiva essa hora já passou da conta", Juliana Luise, 18 anos, estudante do ensino médio, nome de *slammer*: Ju.

"A multidão é um monstro, sem rosto e coração", Racionais MC's, "Negro drama".

"Em São Paulo há luz e sombra, monstro que assombra uma multidão rumo à solidão", RZO, "Uma multidão rumo à solidão".

"Já faz tempo que São Paulo borda a morte na minha nuca", Criolo, "Boca de lobo".

"Nesse cárcere, oposição é discórdia, transformada em ódio, ódio do preto, do favelado, do gay, da lésbica", Eduarda dos Santos, 20 anos, poeta, nome de *slammer*: Duda, no Slam das Minas.

Este livro foi composto na tipografia Minion Pro,
em corpo 12/16,5, e impresso em
papel off-white no Sistema Cameron da
Divisão Gráfica da Distribuidora Record.